- POUR TOI -
DIE WEISHEIT DE L'AMOUR

Liebesbriefe für Dich

Offen werden, sein, bleiben
- für alles, was da kommt
(Henry)

Breath in ... breath out ... smile *(nach Thich Nhat Than)*

Love and let go *(Bibi)*

LIEBE – DANKE *(Die letzten Worte von C´s Mutter)*

Ein Büchlein zum Andenken an eine große Liebe.
Für unsere Kinder und Enkel
und ALLE, die uns und die LIEBE lieben.

© 2025 Henry Th
Verlag: BoD · Books on Demand GmbH,
In de Tarpen 42, 22848 Norderstedt,
bod@bod.de
Druck: Libri Plureos GmbH, Friedensallee 273,
22763 Hamburg
ISBN: 978-3-7597-6720-2

07.05.23 Briefbeginn von Henry **an Angel**
(noch nicht versandt)

Dear Angie,

Sitze vor dem leeren Papier und finde den
Einstieg in diesen Brief nicht. Es fällt mir schwer.

Ende April habe ich in den Bergen in Österreich
mit einigen Freunden ein Wochenende
verbracht und war in Deinem Tal zum
Wandern. Am Schluss an Eurer Hütte, in der
Hoffnung, dass Ihr vor Ort seid.
Die gärtnernde Nachbarin, die ich nach Dir
fragte, hat mir dann vom Tod Deines Mannes
erzählt.
Das hat mich geschockt.

Diesen agilen, lebensfrohen Menschen, den
ich beim Pilze suchen etwas näher
kennenlernen durfte, nicht mehr an Deiner
Seite zu wissen, ist eine einzige Tragödie. Mein
tiefstes Mitgefühl, liebe Angie, auch wenn ich
Deinen Schmerz wohl nicht annähernd
erfassen kann.

Wenn ich es richtig verstanden habe (der
Dialekt der Nachbarin!), sind nun über
eineinhalb Jahre vergangen. Ich hoffe und
wünsche Dir, dass Du mit dem Verlust dieses
bemerkenswerten Menschen umzugehen
gelernt hast.
Trauern um so vieles, um den Menschen,
dessen Leben zu Ende ging, um den Partner,
der einem Liebe gab, Stütze war und eine

3

selbstverständliche Vision der Zukunft –
nämlich eine gemeinsame.
Um den Vater, wie es Deine Töchter erfahren
mussten. ...

17.05.23 E-Mail

Lieber Henry,

Von meinen Hüttennachbarn und der Gastwirtin am Ort
habe ich gehört, dass Du vor kurzem meinen Mann und
mich spontan mit einem Freund auf der Hütte besuchen
wolltest.
Bitte verzeih, dass ich Dir nicht Bescheid gegeben habe,
dass mein Mann an Weihnachten 2021 nach einer
schweren Corona-Erkrankung verstorben ist. Nach seinem
für mich stimmigen Abschied, war ich damit beschäftigt,
Menschen in ihrer Trauer zu begleiten und vor allem die
Menschen in meinem Unternehmen auf Kurs zu
halten. Auch bin ich noch stärker mit meinen Eltern und
Kindern verbunden. Zudem habe ich mittlerweile vier
Enkelkinder.

Ich dachte mir immer wieder, ich will und muss Dir
Bescheid geben. Aber nachdem ich keine Handynummer
mehr von Dir hatte, weil ich gerade um Weihnachten 2021
das Handy wechseln musste, habe ich die
Kontaktaufnahme immer wieder verschoben. Jetzt bin ich
daraufgekommen, dass ich noch diese
E-Mail-Adresse von Dir habe. Also gehe ich heute endlich
den bequemen Weg und hoffe, dass es Dir gut geht und
dass Du sicher weiter eifrig radelst.
Mir geht es sehr gut, auch wenn ich dieses Jahr noch viel

bis zum Herbst zu tun habe.
Dann werde ich einen großen Teil meiner
Leitungsaufgaben ganz abgeben und mich im September
wohnungsmäßig verkleinern, meine Stunden reduzieren,
für ein Jahr in den Nachbarort und dann nach
Griechenland ziehen.
Der Weitergang meines Mannes *hat mich verändert*, - ich
bin gewachsen in mir, habe zu meinem eigenen inneren
Frieden gefunden und suche ihn nun überall. Ich bin bei
mir angekommen und sehr dankbar für diese Erfahrung.
Gerne mag ich Dich mal wiedersehen und mit Dir
philosophieren. Schließlich bist Du mittlerweile mein
ältester Freund. Sei umarmt, Deine Angie

22.05.23 Brief Fortsetzung von Henry

JETZT SIND ZWEI WOCHEN VERGANGEN.
Mittlerweile warst Du auf der Hütte, weißt von
meinem Besuch und ich habe Deine E-Mail
erhalten.

Unser Draht zueinander ist ein Gummiband,-
mal gespannt, mal lose.
Die letzte Zeit eher zweites und so ist es nicht
verwunderlich, dass wir keinen Kontakt hatten.
In der gemeinsamen Schnittmenge unserer
beiden Leben befinden sich nur Du und ich,
keine anderen Menschen. Irgendwie auch ein
schöner Gedanke.

Du erzählst mir irgendwann vom Weitergang
Deines Mannes, bei unserem nächsten Treffen,
zum Beispiel.

Jetzt erzähl ich noch kurz von mir, - den Lebensumständen der letzten zwei Jahre. Kurz vor der Pandemie habe ich in ein Angestellten-verhältnis gewechselt, in den Betrieb, für den ich lange als Nachunternehmer gearbeitet habe. Das Gewerbe habe ich zum Nebengewerbe herabgestuft, bediene dies aber auch noch. Diese berufliche Situation hat auch heute noch Bestand, wartet aber auf eine Veränderung, Auflösung. Der gordische Knoten, den ich wohl auf Henry-Art lösen werde. Soon. Im September 2021 habe ich mich zum zweiten Mal von meiner Frau getrennt, bzw. der inneren Trennung folgte die räumliche. Seitdem wohne ich in einer 60qm Wohnung von Freunden nahe Würzburg. Altbau. Dora spricht von einer Rebellenwohnung – gefällt mir natürlich. Dora trat als Partnerin im Oktober 2022 in mein Leben – und letzte Woche beendete ich unsere Beziehung. Wir beendeten sie durch Rückzug – und ich durch meinen Wunsch nach Klarheit. Tatsächlich ein Mensch, der noch mehr Abstand braucht als ich. Einer steckt immer emotional tiefer drin, in dem Fall war ich es.
Auch eine Erfahrung für mich. Sehnsucht und Schmerz sind gegenwärtig, aber die nagende Unsicherheit ist verschwunden.
Gut so! Ich habe ihr nichts vorzuwerfen, - wir hatten auch Momente tiefster Nähe. *Es hat mich verändert.* Der ungläubige Thomas hat einen Zugang zur Spiritualität gefunden. Zweifel

und der Glaube an die Naturwissenschaften
verbleiben, aber eine Offenheit und
Zugewandtheit gegenüber einer spirituellen
Welt hielten Einzug, einen Schritt über mein
Sein als Agnostiker hinaus.

Letztes Jahr, am Karfreitag 2022, hat sich mein
Vater das Leben genommen. Für die ganze
Familie unbegreifbar in den ersten Tagen.
Meine Mutter war, 10 km entfernt, auf Reha
(drei Wochen) und das hat genügt, ihn in eine
Depression zu stürzen, in eine Spirale der
Verzweiflung, der Ängste (zum Beispiel Angst
vor Demenz, Verlust meiner Mutter, Verlust der
Selbstständigkeit) – gipfelnd im Suizid. Kein
Brief. Keine Kommunikation. Es wäre so einfach
gewesen – aber anscheinend auch so
unmöglich.

Derzeit überlege ich auch, das Land zu
verlassen. Mich zieht es nicht nach
Griechenland, eher auf die Balearen. Da bilde
ich mir ein, Grundlagen für einen Neustart zu
finden. Unser Land, unsere Sprache, die
Landschaften mag ich sehr, aber es gibt so
viele Verstrickungen. Durch das eigene
Handeln/ Sein
der letzten Jahrzehnte geschaffen, aber auch
durch unsere Sozialisierung in dieser
Gesellschaft ... -
So viele Fäden, in denen man versponnen ist.
Das will ich nicht mehr.
Angel, es geht mir gut, vieles ist im Fluss und ich
glaube, dass eine Freiheit auf mich wartet, die

nicht zu vergleichen ist mit der meiner Jugend, die auch immer von Ängsten und Zweifeln begleitet war.
Ich freue mich auf unser Wiedersehen, Dein ältester Freund, Kiss and hug, Henry

10.08.23 SMS

Bon soir, lieber Henry, schade, dass die Karte aus Griechenland nicht ankam. Sie sah echt gut. Bin unterwegs und könnte am Sonntag gegen 17.00 Uhr bei Dir sein. Habe Enkelwoche und bin daher telefonisch recht unflexibel, da immer im Einsatz und dann brotfertig.
Freu mich auf unser Wiedersehen, Deine Angel

11.08.23 SMS

Bon soir, Angel,
Jetzt hast Du wieder meine Nummer. Sonntag passt bei mir. Bin zwar seit drei Tagen krank, aber auf dem Weg der Besserung. Wird schon! Freu mich auf ein spontanes Wiedersehen. Details noch kurzfristig per SMS oder Phone? Du bist unterwegs von wo nach wo? Hier nochmals die aktuelle Adresse.
Na dann bis Sonntag. Herzlichst, k+h Henry

13.08.23 SMS morgens

Das Restaurant meines Vertrauens hat leider geschlossen. Ernährst du dich vegan oder kannst du dich an einer Bachforelle auf dem Teller noch erfreuen. Will sagen, müssen, dürfen, selber kochen.

13.08.23 SMS morgens

„Leider" vegan vegetarisch, - aber ich bin mit Kartoffeln oder Nudeln zufrieden. Bitte ganz easy ... ich komm, um Dich zu sehen und weniger wegen dem Essen.

13.08.23 SMS nachts im eigenen VW-Bus in der Nähe von Henrys` Zuhause nächtigend

Du bist wunderbar! Danke für die schöne gemeinsame Zeit, Deine A., in den Himmel schauend

14.08.23 SMS

Wir haben den Käsekuchen vergessen! Vielen Dank für deinen Besuch, dein Mitmirsein. Es tat mir sehr gut, mit dir zu reden und zu lachen. Fühl mich beschenkt und bin sehr froh, dass du Teil meiner Welt bist.

Schönes Plätzchen gefunden und das fantastische Morgenrot genossen?
A bientot, Yours

Ps. Brauch noch deine neue Adresse

9

14.08.23 SMS

Hey lovely old friend,
hatte einen prima Schlafplatz am jüdischen Friedhof
ganz in Deiner Nähe, auch wenn nicht ganz so idyllisch,
aber ich war zu müde, um weiterzufahren. Schade um
den feinen Kuchen. Bitte ein Stück für mich einfrieren.
Ich sah uns auf einer Decke liegen und Tag und Nacht in
den Himmel schauen, um uns einzigartige Geschichten
zu erzählen.
Schau noch mal zu Dora hin... vielleicht ist noch eine
Tür für Gemeinschaft - wie Du sie träumst - offen.
Adresse neu ab 1.10. schick ich Dir, sobald ich sie selbst
habe. GRINS. A.

14.08.23 abends SMS

Haha, die Postkarten aus Griechenland sind
da. Nette Briefmarken. Du warst also nochmals
an meinem Briefkasten. Schöner Gedanke
darin,-
der gegenseitigen Begleitung beim letzten
Atemzug, und bis zu jenem!
Da gibts doch hoffentlich noch viel
gemeinsame Zeit, Essen, Weinchen, Briefe,-
Zugewandtheit.
Gibt es dieses Wort? Dein Henry

14.08.23 SMS

Ja, Du sagst es. Allerdings sind die zwei Karten die
Wiedergutmachung für die nicht angekommene Karte

aus Griechenland. Ich weiß noch genau, wo ich sie eingeworfen habe ...- aber was hilft es, - wichtiger ist doch, dass wir beide Lust haben, einfach wieder mehr Zeit miteinander zu verbringen und gemeinsam die Leichtigkeit neben allen Herausforderungen zu feiern.
Sei umarmt und auf bald, Deine A.

PS. Klar gibt es das Wort Zugewandtheit. Schau :-)
https://www.duden.de/rechtschreibung/Zugewandthei
t
Hab 'nen richtig schönen Tag. k u h, A.
PPS...mein Bus hat jetzt einen Spitznamen: Wofli, kommt von Wohnflitzer.

18.08.2023 E-Mail **Betreff: Was ist wahre Liebe?**

Lieber Henry,
Der Beitrag ist mir heute begegnet und ich hab dabei auch an Dich gedacht zu Deinem Schmerz bzgl. Dora.
Vielleicht findest Du mit Thich Nhat Thans Gedanken, was wahre Liebe ist, eine Antwort.
Hab ein schönes Wochenende, Deine Angel

20.08.23 E-Mail

Heho Angie, bon soir

PAKET IST DA.
CRAZY, Du hast mir wirklich ein Laptop geschickt!
MILLE GRAZIE, das ist auf jeden Fall hilfreich.
Das Pilzbuch Deines verstorbenen Mannes

werde ich an meinen erstgeborenen Sohn
weitergeben; - dort erfährt es auch
Wertschätzung und wird gebraucht.
Die Herbsttrompeten werden als Würzpulver
verwendet? - oder ähnlich wie getrocknete
Morcheln?
Mit dieser Pilzart habe ich keine Erfahrung.
Spannend.
Sehr neugierig bin ich auf den Link Thich-Nhat
Thans,- höre ich mir diese Woche an und geb
Dir eine Rückmeldung.
Mit der Salbe bin ich am Experimentieren.
My Dear, ich bin reich beschenkt!
Wünsche Dir einen wunderbaren Start in eine
weitere Ferienwoche.

Leichtigkeit und Spirit.
Bis bald K+H, *Dein Henry*

21.08.23 E-Mail

Bonjour, chér Henry,

**Freut mich sehr, dass Du mit den Inhalten des Paketes
Freude hast.**
**Die Herbsttrompeten kannst Du wie die Morcheln
kochen.**
Schmecken unique erdig.
Hab einen schönen Tag!

**Deine Angie, die sich heute nach ein paar Packtagen
einen bunten Tag macht.**

25.08.23 SMS

Hi, Dude, anbei meine neue Anschrift. Am Wochenende bin ich in Nürnberg. Was machst Du? Hugs, A.

26.08.23 SMS

ANGEL, guten Morgen
Dein neues Zuhause! Da ist es wieder. Ein mich interessierender Fahrradträger für den Namenlosen wird in Deinem aktuellen Zuhause angeboten.
280 km von mir entfernt irgendwo in Bayern. Ah, Kontext! - Alles ist verbunden.
Heute koch ich, morgen chill ich, übermorgen, ...- das ist mein WE.

Koche heute 4-Gänge für Acht mit viel SchiSchi - eine Einladung, die ich an Freunde verschenkte und die nun ihre Realisation erfährt. Bei dir?

Was machst Du in Nürnberg? Family verorte ich nach Erlangen. Vielleicht ein spooky Seminar?
What else, - wünsch Dir einen wunderbaren Tag ...
So, die Küche ruft ...- be happy, HENRY

PS. Im Oktober habe ich Urlaub und bin sicher in den Alpen unterwegs - Raum für einen Besuch bei Dir - wenn's nicht schon vorher klappt.

26.08.23 SMS

Enkelhüten gestaltet sich entspannt ... Felice hat seinen Namen zurecht erhalten. PS. Falls der meinige Radlträger nicht passen sollte, hole ich dir gerne den aus Kolbermoor ab.

29.08.23 E-Mail

Dear ANGEL, salut

Gut, nun kenne ich die Nürnberg - Erlangen connection. Alles korrekt verortet! Mittlerweile bist Du wohl wieder daheim, erholen vom Enkelweekend und vermutlich weiterhin am Packen und Minimieren.

Dein Fahrradständer passt leider nicht - wäre schön gewesen - aber für den Sprinter (der noch Namenlose) brauchts ein Modell, welches lediglich auf der rechten Hecktüre fixiert ist, und folglich die Türen noch zu öffnen sind (also auch mit bikes).

Auf Deine Offerte bezüglich Abholung komme ich sehr gerne zurück, sollte sich der Verkäufer auf mein Angebot einlassen. Bislang gabs noch keine Rückmeldung, - bin aber zuversichtlich, dass sich alles fügt.

Wahre Liebe ist natürlich ein Megabegriff. Kann man diesem bewusst entgegenstreben - oder mäandert der liebende Mensch durch das eigene Sein und Wirken vielmehr beiläufig darauf zu?

14

Nicht viele erreichen wohl diesen Zustand, dieses Level, diese Seinsform ... (mir mangelt`s an der passenden Begrifflichkeit)

Für mich ist Liebe schon ein großes Wort, dem ich manchmal gerecht werde. Mitunter ist sie einfach da und läßt sich wunderbar leben. Sie kann störrisch sein gleich einem alten Maultier, geht in Konflikt mit meinem Geist und Verstand (der an diesem Maultier verzweifelt, da ER doch alles besser weiß) - und sie schmerzt mitunter. Auch ein Prozess, ein Zulassen, dem eine Entwicklung folgt. Doch ohne Liebe ist alles leer. Den Worten des Mönches folgend, kehrt ein Moment des Friedens ein, und ich glaube, dass dies nicht nur mit dem Inhalt des Vortrages zu tun hat. Vermutlich kann das auch passieren - ohne ein Wort zu verstehen - es ist die Art des Mönches. Ha, großes Kino!

Angel, freu mich auf ein Wiedersehen mit Dir. Dein Zeitfenster passt sehr gut in meine Pläne. Kann Sa 30.9, So 1.10 oder Mo 2.10. Let`s talk about.

Das Anwesen in Südfrankreich gefällt mir gut, Madame schreibe ich demnächst an. Noch schöne Ferien.

Fühl Dich umarmt,
Dein Henry

PS. Deine Postkarte, "Geschmeidig bleiben"
hängt bereits in der Küche - und ja,
das Essen war formidable, die Aktion hat Laune
gemacht. Hat dann nicht - wie geplant - im
Garten, sondern an meiner Tafel
stattgefunden. Regen!

30.08.23 E-Mail

Lieber Henry,

Du wirst einfach im Weiteren - auf welcher Insel auch
immer - noch Schriftsteller.
Einfach großartig, Deine Worte über die Liebe. Das
Ringen darum.
Ich übe, einfach alles zu lieben, denn so finde ich auch
immer den Frieden in mir. Wir philosophieren darüber
gerne weiter persönlich.
Dachte es mir schon fast, dass der Radlständer nicht
passt.
Wir harren der Dinge und das, was kommen soll, wird
sich fügen.
Komm gern am Sonntag. Freue mich schon.
Schaun wir mal, was die Küche hergibt.
Dicker Kuss, Deine Angie

12.09.23 E-Mail

Hallo, lieber Henry,
Mein E-Mail-Programm hat vorzeitig gesendet, so dass
Du gerne die erste Mail zu Deiner Belustigung liest,
oder löscht, wie es Dir gefällt.

Wie geht es dir und was machst Du gerade mit Deinem
einzigartigen Leben?
Mein Umzug ist weitgehendst vollbracht. Anbei ein
paar Bilder der Dachgeschoss-Wohnung in Kolbermoor,
die ich nun für ein Jahr bewohne.
Ich genieße meine Lebenszeit und feire den Abschied
aus der Schulleitung.
Sag noch Bescheid, wann Du am Sonntag, den 1.10.
kommst.
Montag, der 2.10. ist mein freier Tag. Hast Du Zeit für
einen bunten Tag?
Das wäre meine Idee:
Frühstück bei mir auf dem Balkon bei herrlichem
Sonnenschein. Im Anschluss entspannte Radltour nach
Kufstein.
Auf dem Hin- oder Rückweg letzter Tauchgang im
Happinger See mit anschließendem philosophischem
Diskurs mit Blick in den Himmel.
Wenn Du am Sonntag früher kommst, geht der bunte
Tag natürlich auch am Sonntag. GRINS.
Sei umarmt, Deine Angel

12.09.23 E-Mail

Dear DEDI, bon jour

Bin noch zu Bett und habe eben Deine E-Mails
gelesen. Freu mich immer von Dir Post zu
erhalten, welche Form auch immer Du wählst.
Mein Leben ist gerade so voll gepackt mit
Tätigkeiten neben dem Vollzeitjob:
beginnende Entrümpelung des Hauses, kleine

und größere Sanierungsgeschichten an jenem, Nebengewerbe, weiterer Sprinterausbau, kochenputzenwäsche ... inner work.

Habe gestern noch Postkarten entworfen, und in Druck gegeben. Sende ich Dir.

Also, arbeite mit viel Energie meine Liste ab - aber heute früh sprach der Körper sehr laut 'will nicht', der Geist folgte, und so hab ich mir heute eine Auszeit genehmigt.

Die kleine Zwischenentschleunigung!
E-Mails schreiben, brainen, Apfelkuchen backen ...

Wie sehr wir doch in dieselbe Richtung denken: wollte Dir einen Wandertag vorschlagen - am Sonntag - und früh bei Dir erscheinen.

Bunter Tag hört sich super an. Fahrrad, Wanderschuhe, Badehose - alles an Bord.

Wie wir wollen!

Also abgemacht?! Komme Sonntagfrüh.

Montag ist bei mir ebenfalls offen.

Du gehst große Schritte in Dein neues Leben, und ja, feiere Dich dafür, genieße Dein Leben, Dein Sein.

Ich bewundere Deine Klarheit, Deine Gegenwärtigkeit.

Du bist wunderbar, ein sehr, sehr gelungenes Gesamtpaket.

Deine Wohnungsbilder habe ich mir angeschaut. Nicht schlecht, das kann frau aushalten für ein Jahr.

Es sind Berge zu sehen!

Freu mich sehr auf unser Wiedersehen und eine
bunte Zeit zusammen.

K+h, Dein Henry

02.10.23 E-Mail

Lass es Dir gut gehen! Anbei ein kleiner bildhafter
Rückblick unserer Radtour von gestern und heute. Auf
bald, Deine Angel

05.10.23 E-Mail

ANGEL,
welch wunderbare gemeinsame Tage, bunte
Tage durften wir erleben!
Eine unverkrampfte Nähe, im gemeinsamen
Tun, Reden, Schweigen, ... merci beaucoup
und gerne wieder.
Seit gestern Nacht wieder im Tal bei mir, und
heute unterm Sternenhimmel am Feuerchen
unweit des Wetterkreuzes. Noch eine gute Zeit
in Berlin und happy time in Kolbermoor. Danke
für die Fotos, im Anhang noch Impressionen
von der Di-Tour: Morgendliches Isartal und
Ausblicke von der oberen Wettersteinspitze.

K+H, à bientôt, Dein HENRY

08.10.23 E-Mail

Liebe bildhafte Grüße aus Berlin, wo es sehr fein war. Bin gut wieder zurück. Angel

PS. Zudem ein Bild von dem Haus mit der spannenden Fassade, an dem wir auf unserer Fahrradtour in Rosenheim vorbeiradelten. Ich denke, es ist Weide.

15.10.23 E-Mail

Heho Sherlock,

dem Mysterium auf der Spur! Weide könnte sein, -konntest Du etwas bezüglich Fixierung erkennen, erahnen? Auf jeden Fall lässige Fassadengestaltung. Schöne Bilder aus Berlin, geiler Funkturm, so in Rot, eroticstyle - passt zu arm, aber sexy! Deine Jungs und Mädels von der Klassenfahrt gefallen mir gut,- da ist Leben am Start. Eine große Verantwortung, und auch ein Privileg, so vielen Charakteren, Seelen begegnen und diese begleiten zu dürfen. Der tiefe Blick des nahen Außenstehenden erkennt vielleicht schon eine mögliche Zukunft, ein Werden und Sein, was den jungen Menschen noch verborgen bleibt, die sich sehnen nach dem Verlassen des sicheren Hafens, und dieses sogleich auch fürchten. Spannend.

Coole Bar, - hätte ich jetzt Lust, mit Dir noch einen Drink zu nehmen.

Was ist das für ein Foto von Dir im Aufzug? Bist du bei Madame Tussauds? - der Herr im Hintergrund sieht aus wie unser ehemaliger Bundespräsident von Weizsäcker.

Mit Deiner Freundin C. aus Frankreich habe ich ein kurzweiliges 50 Minuten Telefonat geführt (fast eine Stunde!!!) - ich glaube, dass wir uns verstehen und gespannt sind aufeinander. Hab ein gutes Gefühl. Wir bleiben in telefonischem Kontakt, schriftliche Korrespondenz ist wohl wirklich - hmmm, hmm - etwas schwieriger.

Freut mich von Euren gemeinsamen Reiseplänen nach Thassos zu hören - das ist neben einer schönen gemeinsamen Zeit mit C. sicher auch ein Vorbereiten, ein Vorfühlen in Richtung eines anderen Lebens.

Habe eine arbeitsintensive Woche hinter mir, deshalb komme ich auch nun erst zum Schreiben.

Diese körperliche Produktivität kostet mitunter so viel Energie, dass für Kommunikation, Feingeistiges, Seelenpflege, Innehalten oft kein Raum mehr bleibt - deshalb sind wir Handwerker auch so grobe Klötze.

Wir können da nichts Für!!! Hahaha ...

Mein liebe *ANGEL*, wünsche Dir einen schönen Sonntagabend und einen grandiosen Start in die erste Herbstwoche.

Fühl Dich umarmt, *HENRY*

17.10.23 E-Mail

Liebster Henry,
Wie wunderbar Du immer schreibst und wie Du den
Bildern, die ich Dir zukommen lasse, solche
Wertschätzung und tiefere Bedeutung gibst. DANKE!

Deine Bildinterpretationen fühlen sich stimmig an. Die
beiden Herrschaften hinter mir im Aufzug sind meine
werten Eltern.

Ich bin nicht bei Dir bzgl. der
Handwerkerinterpretation, was Dich anbelangt.
Du bist eine feine Seele, die auch anpacken kann. Das
ist eine gelungene Mischung.
Superschön, dass C. und Du gut ins Gespräch gefunden
habt. Ihr habt sicher eine besondere Zeit zusammen.

Ich bin gespannt, wie mein ältester Freund und eine
meiner engsten Freundinnen miteinander für einen
längeren Zeitraum schwingen.

Nur noch wenige Wochen und Du hüpfst in ein neues
Feld, das mir Anfang September eröffnet ist. Sehen wir
uns dieses Jahr nochmal?

Fühl Dich umarmt, Deine Angel

.... - die sich immer mehr fragt, ob wir Dualseelen sind.
Würde erklären, warum in unserem Leben trotz losem
Kontakt so ähnliche Erfahrungen im Feld waren.

21.10.23 E-Mail

Schau mal in den Anhang – lieber, Dir bekannter Besuch
aus Stuttgart

22.10.23 E-Mail

Dear Angel,

Wen hast Du da zu Gast?
Ja, wäre schön, wenn wir uns nochmals sehen könnten in 23.
Eine Reise in den Süden werde ich wohl nicht mehr schaffen, aber vielleicht ein Frankenlandtreffen im Kontext Deiner Enkelbesuche.

Fühl mich Dir nah und verbunden,
herzlichst
Henry

22.10.23 E-Mail

Hallo, lieber Freund,

Jepp, dann schau ich noch bei Dir im November rein.
Meine älteste Freundin Elke aus Stuttgart war bei mir zu Besuch. Sie kann sich noch gut an Dich erinnern. Du hast ihr mal bei mir in Erlangen Deine Rothaarigen-Außerirdischen-Geschichte erzählt, sie meint, wir waren zudem bekifft und sie hat Dir alles geglaubt.
Ich hab ihr gesagt, ich habe es Dir auch irgendwie geglaubt.
Hab einen feinen Start in die neue Woche!

Dir immer verbunden,
Deine Angel

22.10.23 E-Mail

Bei Stuttgart dachte ich noch an einen Namen mit E beginnend, blieb aber bei Erika hängen. Das hat sich nicht stimmig angefühlt.

Elke wars! - kann mich auch erinnern an einen Besuch in Stuttgart.
Die Geschichte der Rothaarigen vom Planeten ARGON, - ah ja - bekomme ich nicht mehr so ganz zusammen. Dem muss ich mal nachspüren.
Aber wird wohl was Wahres dran gewesen sein, zumindest, solange das Gras wirkte. Sehr gerne Besuch bei mir, freu ich mich.

Grüße an Elke und via Sonntagstelefonat an C. Auch Dir einen guten Start and a happy Monday

Dein Henry

29.10.23 E-Mail

Hallo mein geliebter Freund,

Während ich an Dich denke, möchte ich Dich fragen, ob es möglich ist, dass Du nächsten Mittwoch am frühen Abend mit mir spazieren und dann essen gehst.
Ich weiß nicht, wo ich danach schlafen soll, aber ich habe meinen Wofli dabei und Du hast ggf. sicher auch ein weiteres Bett, oder?
Liebe Grüße aus Berlin, wo ich bis Dienstagnachmittag

etwas Freizeit mit einem Teil meiner großen Familie verbringe.

Alles Gute, Angel

12.11.23 SMS und E-Mail *(doppelt hält besser)*

Salut Angel,

Bei mir alles ok, bin auf Kurs. Wollte mich letzte Woche für Deinen Besuch bedanken. Mache ich eben nun. Danke für die Verbundenheit, die ich mit Dir spüren darf. Es waren wertvolle, angefüllte Stunden mit Nachklang. Selbst im Schweigen haben wir uns mitzuteilen. Bemerkenswert empfand auch ich die gemeinsamen Minuten vor dem Abschied am Morgen bei mir. Es schwang eine so unaufgeregte beiläufige Teilnahme am Alltag des Anderen mit, eine Nähe und Gewissheit, die nicht an Raum gebunden ist. Wärmt mir das Herz. Hoffe, es geht Dir gut.

Wünsche noch einen schönen Sonntag, K+H, Dein Henry

12.11.23 Brief

Lieber Henry,

wie aufregend und spannend es sich anfühlt, in ein neues Leben einzutauchen … - erkennbar für mich, dass ich nach so vielen Jahren wieder die Muße habe, Dir in echter Ruhe und innerem Frieden einen ganz persönlichen und ehrlichen Brief ... - typisch für die „Kastanie"- zu schreiben. Und das ohne Ferien!

Danke für Deine SMS heute, - ich liebe Deine Art zu schreiben, - das weißt Du und ja, - es wäre nicht besser beschreibbar, wie sich die gemeinsame Zeit mit uns stets und – seit diesem Jahr im Besonderen - anfühlt.

Heut möchte ich Dir also einen „Liebesbrief" schreiben, - und weiß so gar nicht, wie ich UNSERE Liebe zueinander beschreiben kann.

Wärest Du eine Frau, wäre es um ein Vielfaches leichter einordenbar für mich, denn ich habe „viele" Freundinnen, wo ich auch dieses liebevolle Band des Herzens, - auch mit einem bestimmten Maß an Körperlichkeit – spüre und mit Freude erleben und pflegen darf.

Mit Dir ist die Verbundenheit ein Stück anders und für mich wie ein zerbrechlicher, eher seidener Faden, wo jeder Schritt, der weiter in eine noch größere Nähe sich entwickeln könnte, mit höchster Achtsamkeit überprüft werden will, - denn er kann das, was gerade ist, auch lösen und eine herrlich lose Freundschaft zwischen zwei in die Jahre gekommenen, zauberhaft und leicht geratenen Wesen mit anderem Geschlecht, auch zerbrechen, wenn sie zur falschen Zeit zu viel Nähe wagen.

Das, was wir einander geben - ist für mich heilig und filigran zugleich.

Wenn ich also etwas im nächsten Jahr zu meinem besonderen WHO AM I – Freundestreffen mitbringen werde, dann ist es ein Brief, vielleicht sogar von Dir.

Warum ein Brief?

Weil wir Menschen wieder die Zeit finden sollten, einander auf diese ganz besondere Weise nah zu sein.

Es ist etwas unfassbar Kostbares, das Feld der NEUEN WELT zu verlassen und das ALTBEKANNTE neu zu entdecken.

Einander Briefe zu schreiben ist heutzutage fast weltfremd und mir durch das Schreiben mit Dir wieder so nah geworden. Danke dafür!

Das, was da mit uns heilig ist, lasse ich bei mir.

Henry, ich freue mich sehr für Dich, dass Du Dir immer treu geblieben bist und Dich dem Feld der APP-Welt nicht genähert hast.

Ich denke jeden Morgen einen längeren Moment zu Dir hin und sehe Dich bei Dir in der 14 am Fenster sitzen, den Blick nach draußen gerichtet.

Ich frage mich: Wo schaust Du hin? Was – wen siehst Du?

Dann schaue ich auf die Fensterbank und sehe das Teelicht Deines großartigen Papas und denke, - es darf nun auch ein Glas drumherum zum Schutz und zur Wertschätzung haben.

Warst Du mal wieder an Deinem Besinnungsplatz am Wetterkreuz?

Als ich am Morgen meiner Abreise bei Dir bei Regen Richtung Heidelberg an der Brücke in Richtung des Wetterkreuzes mit der Kastanie abgebogen bin, um Dir dort einen Gruß als Symbol für das zukünftige Eichenschild mit Deinem Namen zu hinterlassen, musste ich innehalten, denn dort zeigte sich ein herrlicher Regenbogen. Da wusste ich, es liegt ein Segen auf dem, was uns verbindet.

Ich spüre schon seit längerem diesen Möglichkeitsraum, der unausgesprochen zwischen uns steht. Ich weiß, Du nimmst ihn auch wahr. Wir verstehen ihn noch nicht, denn es ist ein Raum, der sich erst in einer noch unbestimmten Zeit öffnet. Dann müssen wir wagen, hinter die Kulissen zu schauen, was dahinter verborgen ist.

Gut, dass wir beide mutig sind.

Gott segne und behüte Dich, lieber Henry. Genieße nun Deinen Sprung in eine neue freie Zeit mit allem, was dazugehört, wenn Du Mitte Januar auf Lebensreise Richtung Frankreich mit Besuch in Mondès zu meiner Freundin aufbrichst, um sie auf ihrem Anwesen mit Deinen handwerklichen Gaben zu unterstützen.

Mein Herz begleitet Dich im Verborgenen, bis der Raum sich findet, ein wenig mehr zu wagen, ...

Deine Angel, ...- wenn es so sein soll.

14.11.23 SMS

Ohha, Angel!

Was für ein liebevoller und mutiger Brief!

Dieser Brief liegt nun an meinem Bett und will sicher noch einige Male laut gelesen sein.

Ich schicke Dir nur eine schnelle SMS, um Dir zu sagen, dass ich da bin und dableibe, um Dich nicht im Ungewissen zu belassen, nach einer solchen Herzensoffenbarung.

Der Inhalt Deines Briefes ist voller Zuneigung, aber auch Brisanz, denn Du sprichst Bereiche unserer emotionalen Topographie an, an

welchen das Eis dünn werden dürfte/könnte.
Ich lasse Deine Worte auf mich wirken und
schreibe Dir. Oder direkte Kommunikation.
Fühl Dich umarmt und geliebt,
Dein Henry

PS. Kerze und Glas bedurften keiner Erklärung,
der Kontext erschloss sich mir sofort.
Merci beaucoup, Madame

16.11.23 Brief

Lieber Henry,
danke Dir für Deine zugewandte SMS.
Ich wünsche Dir, dass Du es beim lauten Vorlesen
genießt, die Worte zu Dir hinschwingen zu lassen, denn
– wie oft bekommt man in „unserem Alter" – grins –
noch einen handgeschriebenen Liebesbrief, der nicht
von Chat GPT, sondern aus einem anderen Dir
bekannten Herzen geschrieben ist?
Dabei musst Du die Gefühle ja nicht erwidern.

Ich war auch ganz überrascht von meinem Mut und mir
war wirklich doll schwindelig bei der Aufgabe des
kleinen Päckchens, in dem der Liebesbrief verborgen
war.
Ich weiß meine Worte und Gedanken bei Dir in den
besten Händen, denn sie offenbaren, was in mir ist.
Meine Liebe zu Dir ist frei und gibt weiten Raum, - sie
bindet nicht und hat keine Erwartungen.
Sie zeigt mir vor allem, dass nach vielen Jahren und
knapp zwei Jahren Abschied von meinem geliebten

Ehemann, der mich 22 Jahre in großer Liebe und Verbundenheit begleitet hat, ein Raum im Herzen für einen anderen Mann, der noch irdisch ist, schlagen darf und kann. Das finde ich wunderbar!
Es möchte ausgesprochen und erkannt sein. Es soll noch nicht gelebt werden ...- Jetzt noch nicht.
Wir dürfen also beide gespannt sein und trotzdem unsere Leben einfach – wie jeder für sich geplant - weiter erleben.
Wir werden die Zeichen erkennen, wann sich meine Prophezeiung erfüllt. Darauf dürfen wir uns dann freuen.
Deine Angel

22.11.23 SMS

Lieber Henry,
Dein herrlich großer Brief ist heute angekommen ...- ich werde mir viel Zeit zum Lesen nehmen.
Heute genieße ich erst Deinen so liebevoll gestalteten Umschlag und freue mich, dass Dir meine Maulbeerkonfitüre schmeckt und Du - symbolisch so entspannt - auf der Wärmflasche liegst, voller Vertrauen und freudig gespannt auf das, was kommt. Angel

24.11.23 Brief

Dear Angel,
Auf der Suche nach Klarheit muss ich hier erstmal aufräumen, den großen Tisch leerräumen, Deine Kerze anzünden, Tee

bereitstellen, *der Nino aus Wien* singt im Hintergrund; das Papier berühren, den Stift in die Hand nehmen und hoffen, dass die Gedanken wie gewohnt durch mich hindurchfließen. Aber gewiß bin ich mir nicht. Ich bin in Aufruhr und verwirrt. Deine Liebesbriefe erschüttern etwas, von dem ich dachte, es sei eine Konstante, ein Tragwerk mit fein ausbalancierter Statik. Schreibe jetzt einfach weiter ohne Ordnung, - gehe davon aus, dass ich den Faden finde, der meine Gedanken verknüpft, und sich daraus Sinn ergibt. Und so nähere ich mich meinen Gefühlen für Dich konzentrisch von außen nach innen. Heute früh war ich das zweite Mal mit meinem Freund M. seit deinem Besuch am Wetterkreuz, bückte mich dort, um Papiermüll wegzuräumen, auf dem ich verwundert meinen Namen sah und Deine nasse Botschaft in Händen hielt. Ja, mein Besinnungsplatz! Crazy! In irgendeiner Form bekomme ich gerade täglich Post von Dir und meine Gedanken sind verknüpft mit den Deinen; Deine Worte hallen noch von den Wänden meiner Räume wider, getragen von meiner Stimme. Also meine Frage an Dich, ob Du nochmals am Wetterkreuz warst, hat sich nun erübrigt,- bist durch den wunderbaren Regenbogen nach oben gefahren. Es liegt sicher ein Segen auf unserer

31

Verbindung, vielleicht schon immer, aber nun, durch die intensive Zeit, die wir miteinander verbrachten und verbringen werden, ist da nochmals eine andere Qualität, ein tieferes Empfinden, eine größere Nähe und Verbundenheit denn je. Lass es mich Liebe nennen, so wie Du es tust.

Aber welche Art Liebe ist es, die ich empfinde? Das Gebäude, die Statik, die ich ansprach, gebaut auf Freundschaft, der Liebe zwischen zwei Menschen, die über fast 40 Jahre miteinander verbunden sind, deren Leben, Schicksal, Sein miteinander geteilt wird, in großer Offenheit, - das Band, von dem ich sprach, - welches uns auseinandertreiben ließ und uns auch immer wieder zueinander führte.

Aber nun beginnen wir mehr und mehr auch ein Leben miteinander zu führen, und die Schwerkraft unserer beiden Seelen, die gegenseitige Anziehungskraft, läßt Distanz schwinden, - unsere Umlaufbahnen werden kleiner. Was passiert, wenn es keine Bahnen mehr gibt? Aufprall und Wegdriften, Kollision und Destruktion,- oder Verschmelzung und Eins werden?

Das sind Bilder, aber Du kannst ja zwischen meinen Zeilen lesen. Und spürst meine Verunsicherung.

Aber dann denke ich an mein Mantra „offen werden, sein, bleiben, für alles, was da kommt".

Das Bild unseres Tagesausfluges mit dem Rad im Oktober, wir beide in Kufstein – wir sehen

glücklich und zusammengehörig aus. Das sind wir auch, können wir das auch als Mann und Frau, als Partner und Gefährten?
Eine Frage, die ich nicht beantworten kann und auch nicht muss,- wir werden sehen, was passiert, wie sich unsere Liebe entwickelt.
Wir beide wissen auch, dass Worte, ausgesprochene Worte eine Eigendynamik entwickeln, sehen wir, wohin diese Energie wehen wird. Wir sind nicht passiv den Dingen ausgesetzt, wir gestalten weiter, aber Parameter verändern sich.
Du hast eine Wahrnehmung, vielleicht eine Hellsicht oder eine mögliche Vision aus Deiner Spiritualität, Deiner Verbindung mit Gott und Universum entnommen, die Du mir nicht mitteilst. Diese ist auch für Dich bestimmt, nicht für mich. Irgendwann wirst Du mir mitteilen, ob sie sich realisiert oder in einem anderen Space vielleicht Wahrheit wird. [Haha, bin auch schon abgedreht, fühlt sich aber nicht fremd an.] Freundschaft, Vertiefen, Wunder. Ein möglicher Weg. Stehen wir dann gerade beim Vertiefen?!
Dein erster Besuch bei mir im August in der 14, unser Spaziergang, barfuß auf dem Panoramaweg, Du erinnerst Dich. Du erzähltest mir vom Weitergang Deines Ehemannes, warst aufgewühlt, einige Tränen rannen über Deine Wangen. Ich nahm Dich in den Arm, umarmte Dich. Ein Zeichen der Anteilnahme, eine trostspendende Geste. Ein Signal der Nähe für Dich, meiner Freundin Angel.
So liefen wir durch den Wald.

Zwei Freunde in Verbundenheit.
Aber irgendwann spürte ich Dich nicht mehr
als Freund an meiner Seite, ich spürte die Frau,
spürte Dich als Frau. Da hat sich der Raum
geöffnet, - ich glaube, Du spürtest es auch,-
wir mussten diese Umarmung lösen, irritiert.
Mittlerweile ist Sonntagabend. Mein jüngster
Sohn war zu Mittag bei mir, zum gemeinsamen
Kochen und Essen. Im Anschluss eine Auffahrt
mit dem Rad zum Wetterkreuz – alleine – jetzt
wieder hier,- Dunkelheit ist mittlerweile
hereingebrochen,- die Kerze brennt nun
wieder an diesem großen Tisch, der Brief will
weitergeschrieben werden.
Ich möchte weiterschreiben.
Also ja, ich spürte diese Möglichkeit, aber sie
war fremd und gefährlich, und vielleicht auch
einfach ein Trugschluss.
Es war ein ganz leichtes Beben, kein Problem
für die Statik und letztlich leicht zu ignorieren.
Der Raum, der Space, in dem wir uns
begegnen, uns erkennen und austauschen hat
vielleicht Grenzen, ist aber nicht durch
Grenzen definiert. Ich stelle mir dies wie einen
großen hellen Raum vor, ohne Ecken und
Kanten, ohne Starrheit, irgendwie weich und
doch fest, leer und warm, keine Farben, keine
feste Form, flexibel und doch immer irgendwie
rund. Ein Jeder hat seinen Zugang, den sehe
ich nicht, er liegt hinter mir, so wie Deiner hinter
Dir.
Aber nun, da sich der Raum geöffnet hat,
diese diffuse Öffnung zu einem Durchgang

wurde, einer Tür in einem weiteren Space,- Du
diese Tür etwas öffnetest und Licht hereinfällt –
ist das Ignorieren nicht mehr so einfach!
Für meinen Teil wäre ein Schritt durch diese Tür
noch zu früh. Ich spüre, dass ich in mir noch
etwas zurechtrücken muss.
Bin schon ganz gut im Hier und Jetzt,
gegenwärtig. Weniger verkopft, mit mehr
Raum für Intuition beschenkt, offener und
weicher, zugänglicher für Mitmenschen.
Veränderungen kann ich zunehmend wertfrei
betrachten. I am fine mit dem Weg. Aber es ist
ein Weg. Es will etwas von innen nach außen,
eine intrinsische Produktivität, - und dieser
Strom ist noch blockiert.
Produktivität ist nicht definiert, es kann alles
sein, im Wechsel und Wandel, ob eine Geste,
ein Gespräch, ein Kunstwerk – doch leicht,
authentisch und beseelt, von Leidenschaft
befördert.
An diesem Punkt werde ich mich selbst lieben,
unauffällig gänzlich, nicht als Narzisst, durchaus
mit Demut und Reflektion, doch Eins mit mir.
Dieser Mensch wird auch wirklich lieben
können: das Leben, Menschen, Wesen
allgemein, insbesondere seinen Partner,
Gefährten, seine Geliebte, seine Frau, sein
Weib.
Angel, Du bist da schon weiter, - ich habe
noch ein Stückchen Weg vor mir!
Nun sitze ich hier mit einem Lächeln auf den
Lippen und denke voller Wärme und Liebe an

Dich. Du liest diesen Versuch, etwas zum Ausdruck zu bringen, einen Versuch, meine Gefühle sichtbar zu machen, sowohl für Dich als auch für mich.

Es ist mir nur bedingt gelungen,- manches trifft es nicht ganz und vieles hätte noch gesagt werden können,- aber ich beschließe nun diesen Brief mit Worten von Erich Fromm: „Wir müssen an die Wachstumschancen noch nicht realisierter Möglichkeiten glauben."
[...vertiefen = miteinander und aneinander wachsen]

Vielen Dank für Deinen Mut, diese Liebesbriefe zu schreiben – und zu versenden.
Sie kamen überraschend, haben mich tief bewegt und aufgewühlt; sie sind wunderschön und ich möchte Deine Worte nicht missen in meiner Welt.
Einen Brief zu Deinem Freundestreffen nächstes Jahr mitzunehmen ist schön. Wenn es einer von meinen wäre, ehrt und beschämt es mich gleichermaßen.
Vielleicht findet sich nochmals ein Zeitfenster für einen Besuch vor meiner Abreise. Dann kannst Du mir dies nochmals erklären.

Fühle Dich innigst umarmt, Dein Henry

25.11.23 E-Mail mit Karte

Henry,

Ich wollte Freude teilen, nicht erschrecken ...- daher ist es mir wichtig, dass wir uns Veränderungen mitteilen, die uns auffallen.
Die Sorge und Angst, dadurch etwas zu zerstören, darf uns nie lenken.
Deine Angel

PS: Ich öffnete den Raum nicht. Er war plötzlich da! Du sagtest es. Ich sprach es aus, weil ich den Raum schön fand.

26.11.23 E-Mail

Dear Angel,
Habe Deine beiden Karten bekommen. Die erste wohl mit ungeöffnetem Brief, die Zweite mit gelesenem Brief. Umschlag und Inhalt des Briefes entstammen aber derselben Gefühlswelt: Zuneigung, Zugewandtheit, Nähe, Liebe.
Deine Briefe haben mich nicht erschreckt, sie haben überrascht. Ich habe keine Angst, Sorge bringe ich zum Ausdruck.

Meine Liebe,
neben dem mega Mut, eine vielleicht wegweisende Liebe zu offenbaren, besitzt Du auch die Klugheit mich darauf hinzuweisen, da Bewahren ein Verweigern von Veränderung

bedeutet. Veränderung ist eine allgegenwärtige Kraft, - ohne Dynamik gibt es kein Bewahren.

Unsere Freundschaft ist auch nicht gleichbleibend. Unser Miteinander und Empfinden füreinander haben sich in den vergangenen Monaten bereits deutlich verändert. Es ist bereits eine andere Strömung, wenn nicht gar ein anderer Strom. Wir sind schon nicht mehr dieselben. Wieder im "Nachtzug nach Lissabon". Ich habe das empfunden, aber nicht einordnen wollen. Herz und Kopf.

Es sehnt mich hin zu Dir, und gleichzeitig denke ich, fühle ich mich noch nicht vollständig genug.
Betrachte häufig das in der Küche hängende Bild von uns, freue mich an uns. Mit dieser Freude entsteht auch die Gewissheit, dass wir auf einem Weg sind, von dem ich nicht weiß, wo er uns hinführt. Doch Sorge ist ein Ballast, den ich auf diesem Weg nicht mittragen will. Hoffe, das hinzubekommen, und packe lieber Glaube und Leichtigkeit ein.

Bis bald, via Post.
Ich umarme Dich
Henry

28.11.23 E-Mail

Hallo Du,

Daaaaanke für Deine soooo schönen Worte in Deiner Mail, - immer suchst und findest Du die passenden. Das liebe ich sehr an Dir, - Deine Bewusstheit und Achtsamkeit in der Wahl Deiner Worte! Du bist ein wunderbarer und einzigartiger Mensch, Henry!

Ich merke, dass sich in mir Dein Spitzname ROKKO immer mehr ablöst als cooler, locker verbundener Freund und Henry immer mehr gefühlt und gedacht wird, mit ganz neugierigen und auch unsicheren ... und doch mutigen...und dann wieder schüchternen Gefühlen. Unsere Gedanken haben sich wieder mal überschnitten, sichtbar werdend in Unserer zeitgleichen Kommunikation.

Perfekt: viel Vertrauen, Glaube und Leichtigkeit einzupacken in Deinen namenlosen Flitzer.

Ich freue mich auf Deine Berichte, wenn Du schreiben magst.

Und denke an Dein Motto! Es ist genial.

Ich schicke Dir noch ein kleines Päckchen zum Schmunzeln im Dezember. Möge es Dir Freude bereiten und Dir nützlich sein auf Deinem Weg, ... - irgendwann dann zu uns hin.

Sei umarmt,
Deine ANGEL

01.12.23 Brief

Lieber Henry,

Danke für Deine ebenso starke wie liebevolle E-Mail. Die Briefe häufen sich und ich mag Dich nicht überschütten mit meinen Gedanken und Gefühlen. Es ist immer wunderbar mit Dir zu sein. Es ist auch herrlich, wenn jeder von uns Seines lebt. Ich freue mich, wenn Du jetzt aufbrichst und Dich findest. Ich gehe im Herbst los nach Griechenland auf meine Lebensreise. Irgendwann werden sich unsere Wege kreuzen. Lass uns weiter schreiben, wenn Du magst. Wenn es Dich aber von Deinem Weg ablenkt, lass es. Ich werde nur einen Brief von Dir zum WHO AM I-Freundestreffen mitnehmen, wenn es Dir recht ist. Meine Verbundenheit mit und zu Dir, die ich Liebe nenne, bleibt im Verborgenen, denn unsere einzelnen Wege dürfen weitergegangen werden. Das „Briefeschreiben" möchte ich als Symbol der Vertiefung und der echten inneren Ruhe als meine persönliche Erkenntnis aufzeigen. Je länger wir uns nicht sehen, desto selbstverständlicher ist es, dass jeder seinen Weg - wie geplant - weitergeht. In der echten Begegnung wächst das, was wachsen will, weiter. Bin in Gedanken viel bei Dir.

Bleib behütet, Deine Angel

PS. Ich halte es nicht für klug, wenn wir uns nochmals vor Deiner Abreise sehen, auch wenn es fein wäre. Es verwirrt Dich mehr ... und mich auch. Lass uns den Möglichkeitsraum erkennen und achten,- aber erst dann betreten, wenn wir für ihn bereit sind. Es will vorab durch uns beide noch etwas Metaphorisches. Alles ist gut! Deine Angel

03.12.23 E-Mail

Dear ANGEL

Bin heute Nachmittag vom Familyausflug aus der fränkischen Schweiz zurückgekehrt. Hatte Deine Briefe und Karten im Gepäck, auch diesen wunderbaren jüngsten, im Kreis geschriebenen, aufschlussreichen 9-seitigen Brief.

Ich liebe es, in Deine Worte und Gedanken einzutauchen, sie sind anders denn meine, und doch so wenig fremd. Immer spüre ich Deine große Nähe zu mir in ihnen. Ich hoffe, ich kann Dich ähnlich erreichen, berühren.
Kam zum Lesen dort in Franken - doch leider nicht zum Schreiben. War mit der family gegenwärtig,
dies ließ aber dennoch Gedanken zu Dir hin zu.
Ein baldiges Wiedersehen wäre sicher verwirrend, dennoch dachte ich mir am Nachmittag, bei einer Wanderung auf den Ehrenbürg/Walberla (unweit von Erlangen), Dir beim Schlittenfahren mit Enkelkindern, Töchtern, family zu begegnen - so Gott will. Heute Mittag wollte er/sie/es nicht.

41

Du tauchst auch in meinem Sein immer öfter
als ANGEL auf - was ist da los?
Päckchen und Brief werden Dich in der
Adventszeit noch erreichen.

Fühl Dich umarmt, Angel,
HENRY

07.12.23 E-Mail

Hey, Du spannender Mensch,
In den nächsten Tagen flattert ein ziemlich großes
Paket bei Dir rein. Bitte erschrecke also nicht.
Schuld an der Größe ist nicht die Fülle, sondern eine
"kleine" Collage, die nicht geknickt werden wollte. Ich
hab sie laminiert, damit Du die Freiheit hast, sie auch in
Deinem „Namenlosen" zu „verstecken", um sie, wenn
Du Dich mal alleine in der Fremde fühlst, auszugraben
und daran zu erinnern, dass da jemand mit Dir
schwingt, auch wenn gerade an einem anderen Ort.

Nur noch wenige Wochen und Du hüpfst hinaus aus
Deinem alten Feld und betrittst neue Pfade.
Mögen die neuen Pfade Dich inspirieren und stärken
und zu Deinem Herzen führen.
Sei umarmt, Deine Angel
PS: Danke für die schönen Fotos aus der Fränkischen
Schweiz und den Einblick in Dein Familienherz.

13.12.23 Postkarte mit E-Mail

Dear Angel

Boot – Titel: Aufbruchstimmung - Karte by the way.
Brief und Päckchen nächste Woche.
Schöne Vorweihnachtszeit. Wie sieht Dein Weihnachten aus? - und wann geht es auf die Insel?
In Gedanken bei mir - und viel bei Dir.
Sei glücklich, H.

13.12.23 E-Mail

Freeeeeeeeeuuuuuuuuude!!!
Lieber Mensch, - Lieblingsmann in meiner neuen Welt, HENRY,
Ich wünsche Dir eine gute Nacht.
Sei berührt in verschiedenerlei Hinsicht, ... - so auf die Entfernung kann ich ja äußerst mutig sein.

Ich habe gestern Abend mit einem Teil des Teams auch in unserer Lehrküche ein leckeres Menü gezaubert und dann im Dunkelrestaurant in einem Klassenzimmer serviert.
Es war herrlich und ich habe daran gedacht, das einmal für Dich alleine zu machen. Die Vorstellung fand ich sehr spannend.
Das Zweierfoto ist mit Christine, meiner langjährigsten „Lieblingskollegin" und engsten Freundin vor Ort.
Wenn Du im Juni bei meinem Freundestreffen dabei

bist, wirst Du sie kennen lernen und wie ich lieben.
Schwing fein hinein in Deinem bunten Boot,
Deine Angel

14.12.23 E-Mail

PS: Verzeih, ich vergaß, Deine Fragen zu beantworten:
Ab 22.12. bin ich mit meiner Jüngsten unterwegs nach
Berlin zu meinen Eltern und treffe dort neben meinem
Bruder und Tante noch meine Älteste mit Familie.
Am 26.12. geht's zurück nach Bayern und am 27.12.
morgens geht der Flieger nach Thessaloniki.
C. fliegt schon in den nächsten Tagen und erwartet
mich auf Thassos. Sie wollte Geld sparen und hat dabei
einen Petsitting-Job angenommen. Tolle Location.
Die Geschichte dazu ist cool. Der in Deutschland
großgewordene ca. 40-jährige Grieche, dem das Haus
gehört, will zu Weihnachten zur Freundin und Freunden
nach Deutschland und ist vor einigen Jahren von Köln
nach Thassos ausgewandert, weil er endlich mal seine
Wurzeln leben wollte.
Wie geht's Dir mit der Vorstellung, dass wir uns jetzt
länger nicht sehen werden?

Liebe Grüße et bonne nuit, ANGEL

17.12.23 E-Mail

Dear Angel,
Die Antwort auf Deine Frage ist nicht so
einfach.

Im Brief versuche ich, sie Dir und mir zu
beantworten. Brief und Päckchen liegen noch
hier.
Glaube, es ist sinniger nach Berlin zu
versenden, befürchte, dass die Post nicht
rechtzeitig bei Dir vor Deiner Abreise ankommt.
Also bekommst Du Post zu Deinen Eltern - wenn
das passt für Dich.
Fehlt mir noch die Adresse.
Wünsche Dir eine gute Nacht und schöne
Träume.
Fühl Dich umarmt und geborgen,
Yours

18.12.23 E-Mail

Guten Morgen, einzigartiger Mensch, lieber HENRY,

Ja, die Frage ist schwer und ich habe sie mir fairerweise
auch gestellt und schicke sie Dir mutig zu, sobald Dein
Päckchen auf dem Weg ist. Dann erhalten wir ganz
unabhängig von der Meinung des anderen eine
Antwort.
Daher lese ich Deinen Anhang erst, wenn das Päckchen
auf dem Weg ist. Freier Fall ist authentischer, auch
wenn das Herz das Wagnis der Verletzung kennt. Sicher
kommt das Päckchen an, wenn Du es mir in die Arbeit
schickst, denn meine Eltern sind hier wahrscheinlich
überfordert.
Ich fliege am 04.01.24 wieder zurück und bin gespannt,
ob sich im Januar unsere Wege in irgendeiner Form
noch kreuzen, bevor Du nach Frankreich aufbrichst.

Hab in jedem Fall eine wunderbar entspannte Zeit im Kreise Deiner Lieben in der Weihnachtszeit und schwing weiter hinein in Deine neue Zeit und das neue, ganz besonders werdende Jahr.

Ich trage Dich weiter in meinen Gedanken und meinem Herzen,
Deine Freundin Angel

18.12.23 E-Mail

Angel, meine liebe Freundin, Salut
Das Päckchen ist unterwegs. Du kannst lesen, was ich Dir schrieb.
Spannender Austausch,- aber hier fällt niemand.

Angel, Du bist ein einzigartiger Mensch!
Eine tolle Frau mit einem großen Herzen
Henry

Ps. im Päckchen erwähne ich eine beiliegende Kerze aus der Augustinerkirche - nicht suchen, liegt noch hier. Wollte wohl bei mir bleiben.

18.12.23 E-Mail

Hey, Du rotbärtiger Wilder!

Mein Brief ist auch unterwegs zu Dir hin.
Ich mag lieber auf das Original mit dem Päckchen
warten und übe, meine Neugierde zu zügeln.
Die zurückgebliebene Kerze kann doch am 24.12. schön
für Deine Reise Licht zur Orientierung geben.
Mein Brief enthält Weihnachtsgeschenke, die ab Januar
einlösbar sind, ebenso aber auch erst im Spätherbst
2024 genossen werden können, wenn gewünscht.
(K)eine Überraschung bleibt ...
Ich bin gespannt für alles, was kommt, denn es ist
immer richtig, wenn man auf der Reise ist und das
Schiff vom Fluss oder Meer abgelegt hat.
Es gibt dann keine Enttäuschung, nur Gegenwart.
Schön, dass es Dich gibt!
Deine Angel

19.12.23 Brief

Dear Angel,

Heute, Sonntag, 3. Advent, mittags wieder mal
am Wetterkreuz vorbeigefahren, innegehalten
und an Dich gedacht. Die Kastanie, die dort
Schatten spendet, kenne ich schon lange, -
aber das Wissen, dass dies Deine Baum-Art ist,
macht diesen Ort zu einem gemeinsamen
Platz, da er für uns beide eine spirituelle
Bedeutung hat und darüber hinaus ein reales
gegenständliches Symbol unserer

gemeinsamen Reise darstellt.

Dein Besinnungsplatz bei Dir in der Nähe auf
dem Foto, das Du mir schicktest, der Baum,
dessen starke Äste über die Bank hinausragen
und in die Weite hinein,- eine Eiche oder eine
Linde? Ich mag sie beide sehr.
Beide haben einen sehr charakteristischen
Geruch [=> das Holz der Bäume].
Die Psychologie der Farben, vielmehr Deine
Lieblingsfarben im spirituellen Kontext, habe
ich nun auch recherchiert. Du hast es für mein
GELB und LAVENDELTRAUM
zusammengetragen. So schau ich nun für
Deine Farben ORANGE und TÜRKIS ins GOLD.

ORANGE:
Licht und Wärme – aus GELB und ROT
Fröhlichkeit, Jugend
MUT
energiegeladen
Kreativität
OPTIMISMUS
und was mir besonders gut gefällt:
„Aus Gedanke wird Aktion"

Ich kann Dich darin sehr gut sehen und es
erinnert mich an eine Zeile vom *Nino aus Wien*:
„denn nur Arbeit kann Dir sagen, ob's Ideen
wirklich bringen."

Kommen wir zu TÜRKIS:
Kommunikation
KLARHEIT
Spirituelles Wissen

-> und es strahlt aus Dir heraus,
nicht das Wissen im kognitiven Sinne,- vielmehr
ein Glaube, eine Gewissheit, die sich auch mal
verirren mag und dennoch belastbar und
richtungsweisend ist, nicht dogmatisch und nie
missionarisch, eher erkundend, mit einem
hellen Licht, Unbekanntes ausleuchtend.
Gerne folge ich diesem Licht und schaue, wo
es mich hinführt.

Als ich Deinem vollen Vornamen ANGELIQUE
nachspürte, dem Klang lauschte, der letzte
Vokal nachklang, kam in mir der Gedanke, wie
unterschiedlich Frauen- und Männernamen
sich zusammensetzen:
Männliche Vornamen enden in unserem
Sprachraum in der Regel mit einem
Konsonanten, Frauennamen viel häufiger mit
einem Vokal.

Dies sehe ich als Ausdruck einer
grundlegenden Diversität als universelle
Wahrheit oder ist eine sozio-kulturelle
Komponente darin verborgen?
Wie definieren uns Namen, wäre folglich die
nächste Frage.
Wird ein Frank ein anderer, denn ein Franco?
Die patriarchale Struktur Italiens wird diese
These erstmal nicht untermauern,- dennoch
glaube ich schon daran, dass Namen nicht nur
Personen definieren, sondern auch
mitgestalten und formen. Gedankenspiele.

Die Zeit/ den Raum, den ich mir heute für Dich

eingerichtet hatte, wurde heute durch den Besuch meiner ersten Frau und der Nachricht vom Tod ihrer Mutter eingeschränkt. Als Teil dieser Welt ist es unumgänglich, Anteil zu nehmen. Sie war mir eine sehr verständige, warmherzige Schwiegermutter und war bereit, zu gehen und durfte einen friedlichen, qualfreien Schritt durch die Tür am Ende des hiesigen Lebens gehen.

Die Zusatzseite Deines Liebesbriefes „Angels' Welt" geht mit auf meine Reise.

Sie ist mir wie ein Dialog, ein Verstehen, eine Verständigung; Gedanken des anderen, so wertvoll, weil ich sie selbst so nicht denken würde,- Du mir Deinen Blickwinkel schenkst.
Merci beaucoup.

Meine Arbeitstage in 2023 kann ich nun an einer Hand abzählen, vier an der Zahl, am Donnerstag, den 22.12. endet mein Arbeitsjahr.
Das Hamsterrad verliert nun weiter an Schwung,
wird stehenbleiben und letztlich werde ich einfach heraustreten.
Die nächsten Tage sind aber noch immer zu voll, viele Punkte, die nie ganz abgeschlossen sind und Zuwendung und Energie bedürfen.
Aber ich hoffe und bin zuversichtlich, dass der Peak bald erreicht sein wird, Probleme/ Anforderungen von Lösungen aus dem Feld und meinem Focus gekegelt werden.
Die Raunächte werden mir Ruhe bescheren und mich auf Veränderung/ Wandel

einstimmen.

Mit Deiner Freundin C. in Frankreich habe ich vereinbart, bis 15. Januar in Mondès zu sein. Ich werde Dir noch mitteilen, wie sich die Tage vor dem Aufbruch gestalten und anfühlen.
Frage mich mitunter, wie sich Dein Leben darstellt, also Dein Alltagsleben.
Wann verlässt Du Deine Wohnung am Morgen?
Wann stehst Du auf?
Wie sieht Dein Tag an Deinem Arbeitsplatz aus?
Hast Du Zeit für einen Mittagsschlaf? – ja, ernsthaft, oder bist Du energiegeladen von Deiner Morgenmeditation bis zum Abend?

Fühl Dich umarmt,
HENRY

20.12.23 E-Mail

Guten Morgen, Angel

Dein Brief kam gestern an und steht noch ungeöffnet am Küchenfenster.
Wie ist das nun, wann darf ich öffnen?
Den gesamten Brief erst an Weihnachten, oder muss ich mich nur mit dem gelben Türchen gedulden?
Der Mann braucht Instructione!

Mein Arbeitsleben hat sich bereits abgewickelt, darüber hinaus auch die Pläne zu Weihnachten.
Bin seit zwei Tagen krank und positiv getestet.

Wollte ich Dir letztlich gar nicht mitteilen, weil
ich befürchte, dass Du Dir Sorgen machst.
Aber auch das gehört wohl zu einer Offenheit,
in die Kraft des Anderen vertrauen.
Also mach Dir keine Sorgen, ich hatte das
schon einmal und bin nach acht Tagen da
durch.
Vielleicht ist es ja auch gut so, komme ich
früher zur Besinnung.
Gute Reise morgen, nochmals ein
wunderbares Weihnachten für Dich mit Family
und mit C. in der Villa.
Ich umarme Dich, my Dear, H

20.12.23 E-Mail

Hallo, lieber noch kranker und bald reisender Freund,

Ich sorge mich nicht um Dich. Du bist in etwas Größeres
eingebunden und behütet.
Ich habe das Vertrauen, dass immer alles gut wird und
vertraue darauf, dass Du mir Bescheid gibst, wenn Du
mich brauchst und meine physische Nähe vonnöten ist.
Dann bin ich da. Du weißt das.
Du hast mich reich beschenkt. Hab vielen Dank.
In jedem Teil des Pakets ist viel Genuss, Freude und
Liebe erfahrbar.
Es ist schön, dass Deine Schwiegermutter so leicht
weitergehen konnte, auch wenn es überraschend
klingt.
Es ist noch schöner, dass Du Deine von Dir
getrenntlebende Frau und sicher auch Deine Kids

hier so gut begleitest, auch wenn Du krank bist. Ich
hoffe, Ihr feiert dennoch am 25.12. zusammen.
Meine Engelkarte, die ich vor kurzem gezogen habe,
heißt WEISHEIT. Aber ich bin von mehr Engeln
begleitet:
mein eigener Schutzengel, der schon immer da ist
und mein verstorbener Mann - es sind schon zwei Jahre
vergangen - flattert mittlerweile aber öfter schon mal
weg, weil er merkt, dass ich gut selber stehen kann und
meinen Ewigkeitsschwur gelöst habe.

Er hat mich nun in mein eigenes Leben entlassen und
ich bin sehr dankbar für seine bisherige Begleitung,
auch wenn wir beide uns nun voneinander lösen, auch
um Platz zu machen, für Deine und meine Liebe
zueinander. Er hat uns seinen Segen gegeben, das
spüre ich.

Dann sind jeden Morgen seit mehreren Monaten fest
zu Gast bei mir noch alle vier Erzengel.
Mit diesen Erzengeln spreche ich jeden Morgen kurz
und bitte Uriel um Schutz, Raphael um
Leichtigkeit, Michael um Abgrenzung von Dingen, die
nicht zu mir gehören und Gabriel um Herzenswärme.
Dabei wende ich mich zu allen vier Himmelsrichtungen
zu ihnen hin.
Es fühlt sich wunderschön an und manchmal muss ich
weinen aus Dankbarkeit, weil ich ihre Nähe und
Wirkkraft so gut spüren kann.
Das mit dem Engelkartenziehen mache ich schon über
30 Jahre. Am Anfang war es fremd ... heute nutze ich
die Methode oft, sobald eine Frage länger in mir kreist.
Ich mag es mir jetzt immer leichter machen, - schwer
war früher.

C. hat gaaaaaaanz viele verschiedene Engelkarten. Du kannst dort also sicher jederzeit Karten ziehen. Der Baum an meinem Besinnungsplatz ist eine Eiche, was sonst.

Den besonderen Keks werde ich nicht ohne Dich essen. Ob ich mich überhaupt traue, ist fraglich. Bin mittlerweile so glücklich ohne bewusstseinsverändernde Mittel, weil mein Bewusstsein ja verändert ist. Ich sag und denke immer, dass ich naturstoned bin. Meine Töchter haben dasselbe Gen. Da ich also so dünnhäutig bin, weiß ich nicht, ob es mir noch guttut. Wenn, dann also mal mit Dir, wenn wir uns immer näherkommen. Ein Glas Wein werde ich mich am 21. März hoffentlich wieder trauen, wenn ich auf Dein neues Lebensjahr anstoße. Wo auch immer Du da gerade bist.

Danke für Deine Farbinterpretation. Passt wirklich gut zu mir und ehrt mich sehr ... manchmal bin ich aber auch einfach so richtig normal schlecht drauf ... auch wenn es immer seltener wird. Die Frau auf der Wärmflasche, die ich Dir schickte, fühlt sich schwebend leicht, neugierig glücklich und offen an. Herrlich fände sie es, wenn direkt neben ihr Henry liegen würde, in den Himmel schauend, Tag und Nacht, sicher nicht immer, aber immer wieder. Am liebsten an Kastanien, Eichen und unter Olivenbäumen ... oder auch mal abends oder frühmorgens direkt am Meer oder am Berg. Das Bild kennst Du schon, außer, dass die Wärmflasche eine Decke war. So habe ich uns liegen gesehen in meinem Unterbewusstsein.

Danke fürs Kerzlein und Büchlein über die Heilige Rita.
Ich nehme es mit nach Griechenland.
Henry, ich bin auch schon losgegangen, auch wenn es
für Dich anders scheint. Wohne jetzt – erstmals in
meinem Leben ohne Mann oder Kinder in meiner
eigenen Wohnung.
Meine jüngste Tochter lebt seit Ende November in
ihrem eigenen kleinen Zuhause in Rosenheim und ist
nun auch glücklich darin. Es war ein Prozess des
Loslassens, der ihr nicht leichtfiel.
Wie mein Alltag gerade aussieht? Sehr schön
mittlerweile und erfüllt. Ich arbeite an einem Platz, wo
viel Liebe lebbar ist.
Das ist immer mehr meine Bestimmung. Auch dass ich
weniger Lehre, sondern zunehmend mehr berate und
heile.
Darf ich Dir das einmal persönlich erzählen?
Bist Du sicher, dass Du den ganzen Inhalt meines
letzten Paketes wirklich schon jetzt öffnen willst?
Wenn ja, pack alles gerne sofort aus, denn Deine
Situation ist durch Deine Erkrankung verändert und ich
kann gut loslassen.
Lass es wirken und in Dir schwingen.
Einen Zufall kann es, muss es aber nicht geben. Es
hängt davon ab, was Du aktuell wagen kannst und
willst.
Ich öffne nur eine Tür, von der ich dachte, dass sie noch
nicht geöffnet werden kann. -... Bei mir entwickelt sich
gerade alles sehr schnell und überraschend leicht.
Durch die geöffnete Tür durchgehen kannst Du, aber
musst Du nicht. Es ist ein "Komm näher"- Angebot. Lass
uns schauen, wie unsere Geschichte weitergeht.
Aber nur Du kannst ermessen, ob es Dich Dir

näherbringt oder Dich von Dir wegführt.
Du bist in meinem Herzen und ich achte Deinen Weg.
Werde bald wieder gesund. Ich trinke derweil eifrig Tee
für Dich mit.
Magst Du mir noch einen Impuls zum Buch:
„Die Austreibung des Anderen" geben?
Ich umarme Dich,
Deine Angel

PS: ich liebe Mittagsschläfchen, auch wenn oft noch
keine Zeit dafür ist.
Für heute genug, bevor mir mein Handy
"müdigkeitsweise" aus der Hand plumpst.

21.12.23 E-Mail

Dear ANGEL

Du spiritueller Geist,
ich meine fast, Du schreitest auf sicheren
Pfaden zwischen den Welten hin und her. Bist
Teil von etwas, was den Meisten verborgen
bleibt: Glaube, Mut, Neugier sind Schlüssel, um
den Dogmatismus des Rationalen, der, zu Ende
gedacht, doch stets an Grenzen strandet, zu
überwinden.
Dein Kalenderblatt passt da sehr gut - wieder
einmal ein Einundzwanzigster,
Wintersonnwende.
Ich kann dem sehr gut nachfühlen, das
Staunen zulassen, - staunen und sich offen
zeigen, scheinbar entblößt und angreifbar.
Offenheit macht aber letztlich frei von solchen

Begrifflichkeiten und frei für ein größeres Sein und Empfinden. Humor und über sich selber lachen, können auch hilfreiche Tools sein.

Deine wunderschöne Musik begleitet mich, während ich hier - in der Küche sitzend - schreibe. Erlebe gerade wieder eine Wachphase, in der sich mein Kopf nicht so matschig anfühlt wie den Großteil des Tages.

Deine Morgengedanken per Mail haben mich erst am Abend erreicht (Du wolltest sie zurückholen - wusste gar nicht, dass dies geht - und glücklicherweise nicht ging).

Meine Schritte auf diesem Weg sind noch unsicher, aber irgendwie zielstrebig, auch wenn ich vermute, dass es ein solches nicht gibt. Freue mich sehr, dass Du mir einen Zugang zu diesem Teil von Dir erlaubst, und mich geleitest. Und da ist ja auch noch der Erzengel Gabriel, die Engelkarte, die Du für mich gezogen hast.

Dein herzberührendes Schreiben von vergangener Nacht habe ich in den frühen Morgenstunden gelesen - statt Frühstück gab es Nähe und Liebe. Sehr nahrhaft.

Ich weiß, dass Du da sein wirst, so wie ich an Deiner Seite sein werde.

Du bist schon große Schritte gegangen, Du hast Recht. Hast Deinen Weg gefunden und gewählt, beschreitest ihn bereits. Griechenland ist ein großer und doch nur ein weiterer Schritt.

Und da ich hier sitze und an Dich denke, spüre ich, dass wir irgendwann einen gemeinsamen Weg gehen dürfen. Da ist Gewissheit und Liebe.

Natürlich werde ich Deinen Brief öffnen, noch immer ist er verschlossen. Spätestens Heiligabend.

Die Wachphase schwindet, der Mensch muss wieder ins Bett.

Mit einem Lächeln verabschiede ich mich von Dir.

In Liebe, HENRY

Ps1: Bin derzeit etwas schwer zu erreichen, da Handy oft im Flugmodus.

Ps2: Zur „Austreibung des Anderen" ein andermal, wenn der Kopf wieder besser funktioniert.

21.12.23 SMS

Guten Morgen, liebster Mann dieser Zeit, ich hoffe, Du hast tief geschlafen. Ich schicke dir in diesen Tagen nun immer ein Lied, dass Dich weiter gesund machen möge und Dir mein Herz zeigen kann. Es ist sooo viel Liebe in uns. Ich glaube, wir sind nur dazu da, genau das zu leben. Die Liebe zu uns und zu anderen.

Deine Angel

21.12.23 abends per E-Mail

Hallo Du Herzensmensch,
Kurz vor dem Schlafengehen finde ich Deine schöne
und ebenso nährende Abendlektüre und freue
mich, dass Deine Matschbirne bald wieder ganz heil ist.
Ich übe ein wenig, von weitem Heilenergie zu senden.

Die Nachricht von heute Morgen habe ich
zurückgerufen, weil ein Minischreibfehler darin war,
der dann den Sinn ein wenig entstellt hat, - ich wollte
doch keinen Unsinn schicken.
Ist meinem immer noch zu großen Perfektionsanspruch
geschuldet. Schlimme Altlast. Ich zeig es Dir gerne mal,
wie man Nachrichten zurückrufen und feinschleifen
kann.
Morgen früh kommt das nächste Lied über SMS.

Knapp vier Stunden habe ich heute für den Heiligen
Abend in Berlin vorgekocht ... vegane Rouladen ... -
mach ich nie wieder, ... weil zu viel Arbeit nach acht
Stunden Unterricht.
Jetzt hüpf ich in mein Bettchen und nehme Dich in
Gedanken in den Arm.
Du liegst da links von mir, wenn ich Dich neben mir
denke.
Ich hoffe, das ist okay.
Ich freue mich auf uns und merke, dass mir der
Echtkontakt immer wieder mal fehlt ... über viele
Monate schreiben und den anderen nicht sehen und
hören können,
ist herausfordernd. Dabei fühlt sich Telefonieren zum
aktuellen Zeitpunkt nicht stimmig an ... fast fremdle
ich, weil wir uns nun doch länger nicht gesehen haben.

Träum Dich schön gesund, sofern es bei Euch nicht auch
so stürmt wie hier.
Ich schicke Dir Licht, Deine Angel

22.12.23 SMS

Guten Morgen, starker Mensch,
Heute sende ich Dir ein Dir bekanntes klassisches
Musikstück aus dem Film SCHINDLERS LISTE zu, - sehr
tief und herzanrührend ... ohne Text, denn dazwischen
liegen viele Fragen, dass kein Platz für ihn ist.
Ich hoffe, es geht Dir immer besser und jemand, der
Dich liebt, bringt Dir ein Süppchen.
K & h, Angel

PS. wenn nicht, dann koch Dir selber eine, denn Du
kochst eh fantastisch.

22.12.23 E-Mail
Guten Morgen, liebster Henry,
Wie geht es Dir heute?
Bin unterwegs mit meiner Jüngsten Richtung Berlin,-
gerade in der Wohnung der ältesten Tochter in
Erlangen über Nacht gewesen und habe gestern meine
liebe Freundin Juliette, mit Mann und bestem Freund
Carlos beim Araber getroffen.
Es war leicht und fein. Wir haben viel gelacht.
Auf dem Weg im Auto dorthin habe ich sehr nah zu Dir
hingedacht und gegrinst, dass es in der Dunkelheit zu
meiner jüngsten Tochter hingestrahlt hat.
Sie sprach mich an, warum ich so grinse und ich sagte:
„Ich bin so glücklich und dankbar!"

Dich werde ich erstmal nur C. zum neuen Jahr hin
anvertrauen, denn die vielen anderen Menschen um
mich werden einen neuen Mann an meiner Seite
leichter verarbeiten und sich mit mir freuen, wenn ich
in Griechenland bin.

Nachdem ich Deine Mail nochmals mit großem Genuss
gelesen habe, habe ich erst betreten verstanden, dass
Du wahrscheinlich am 24.12. Deine Kinder nicht bei Dir
hast.

Vor zwei Jahren bekam ich auch zur selben Zeit eine
Auszeit. Am 23.12. erhielt ich die Info, dass ich nach
über vier Wochen meinen an Corona schwer erkrankten
Mann in der Klinik am 24.12. nachmittags im
künstlichen Koma sehen dürfe.

Ich war am 23., 24. und 25.12. fast ausschließlich für
mich alleine unterwegs und natürlich in Gedanken viel
bei ihm.

Am 25. haben wir, meine ältesten Töchter und ich um
22.00 Uhr darum gebeten, die Geräte abzustellen, da er
nicht mehr selbstständig atmen konnte und seine Seele
- meiner Meinung nach - zum Teil schon außerhalb
seines Körpers war.

Er zeigte jedenfalls - im Gegensatz zum Vortag -
keinerlei Herzreaktionen mehr.

Es war eine sehr wertvolle Zeit für mich und ich
vermute, wie Du, dass Deine jetzige Krankheit eine
Vorbereitung für die kommende Zeit ist. Du wirst die
Übung gut meistern.

Heute und auch morgen, am Heiligen Abend, schicke
ich Dir ein Lied von unserem Wiener Musiker, den Du
zu mir gebracht hast. Er ist großartig.

Danke fürs´ Tür hier öffnen.

Angel

23.12.23 Kurzer Brief

JETZT oder SPÄTER

Ist es erlaubt, übergriffig, - laut darüber nachzudenken

... -

es hiermit auszusprechen ...- dass die Neugier und Vorfreude soooo groß ist, dass ich Dich doch gerne noch vor Deiner Abreise auf verschiedene Art, z.B. mit einer neuen Heilmethode, dem INNEREN WELLEN und einem Essen Im eigenen Dunkelrestaurant berühren möchte?

Angel

24.12.23 E-Mail

Hallo Angel,

wie ist es für Dich, mich mit HENRY und nicht mehr mit meinem Spitznamen ROCKO anzuschreiben.

In meinem Leben in meinem Tal bin ich schon Jahrzehnte HENRY, doch wenn ich es von Dir lese, empfinde ich ein leichtes Frösteln, eine Gänsehaut erzeugende Spannung.

Versteh mich richtig, ich hörlese dies gerne - aber es macht ETWAS. Stück für Stück werden Steine verschoben.

Wir mit unseren Spitznamen können und dürfen kurz telefonieren, Angel und Henry können zuhören, teilhaben, scheu am Rande stehen, -

und sich die Zeit lassen, bis sie dann bereit sind, die Bühne zu betreten.

Heute geht es mir bereits etwas besser - was mitunter in *zu schnell* und *zu viel* endet - männliches Tun. Mittlerweile habe ich aber den Eindruck, dass ich eine Balance erreiche. Es fühlt sich ungetrieben an. Mit meiner Enkelin und Tochter konnte ich einen Spaziergang am Nachmittag machen, den ich als Vater, aber noch vielmehr als Großvater genossen habe. Die Kleine ist klasse, hat schon so viel Eigenes - und braucht umso mehr unverhandelbare Führung.

Den 60. eines Freundes lasse ich ausfallen: Krankheit und Intuition sprechen dieselbe Sprache - die letzte Zigarette wurde schon geraucht.

Während ich schreibe, kocht sich das Weihnachtsrehgulasch für meine Nachbarin, M's Schwiegermutter. Ihr ist ein Stein vom Herzen gefallen als ich anbot, dies für sie zu kochen - der dort eingeladenen Sippschaft wohl ebenfalls.
Heute früh, nachdem ich „Unter Fischen" hörte, dachte ich an Dein Weihnachtsfest - wie Du frohgesinnt mit Deinen Menschen bist. Das hat mir gefallen.

Dann sah ich mich an Deiner Seite, ein Schemen, eine Vision, ein Gruß der Multiversen - an dieser Tafel waren wir alle warm, herzlich und verbunden miteinander! Ob dies nun einst Wirklichkeit wird, spielt hier in der Gegenwart keine Rolle, aber das Gefühl für zukünftige Optionen, Möglichkeiten, Vorstellungen, Träumen manifestiert sich bereits im Jetzt als Haben. Kredit ohne Darlehen - Alptraum der Bänker.

Hattest Du mich nicht in Rosenheim nach meinen Konzertbesuchen gefragt, dass Du selbst lange nicht mehr auf einem Konzert warst? Der Nino, unser Nino, gibt Konzerte: am 21.3. in Wien, am 28.3. in München - und für Dich, eine denkbare Möglichkeit, am 12.1. in Salzburg.
Danke für die Musik am Morgen!!! Hier noch etwas Musik für uns aus meiner Ecke. Ein luftig leichter Song und ein schwerer - dennoch luftig leicht.

ANGEL, à bientôt ...
Fühl dich umarmt   HENRY

PS. ... Du hast drei Töchter, - Frauen! - die kommen Dir bald auf die Schliche.

24.12.23 E-Mail

Nur ganz kurz:

Du lässt mich heute laut lachen, lieber HENRY!!!
... ich denke, es ist Zeit, (k)eine Überraschung zu öffnen

und mit mir, ganz ohne Keks und Co mitzulachen, was auch immer Du dann damit machst. Es zählt der Moment!!

Ich strahle also schon! Danke für das feine leichte Lied am Morgen, ... ja und die Töchter spüren Wandel... C. riecht auch schon Lunte, ... da muss ich in Bälde auspacken.

Ich wachse in Deinen erwachsenen Namen HENRY hinein und mag ihn seeeeeehr, umarme Dich und hüpfe in den neuen schönen Tag, in Gedanken, Dich im Herzen und auch sonst immer wieder an meiner Seite, Deine Angel

26.12.23 SMS

Heute, am 26.12. sende ich Dir einen alten Song, der wunderschön und in meinem Leben noch nicht belegt ist.

Wir werden neue Lieder finden, um zu beschreiben, wie sich unsere Liebe anfühlt. Ich bin darauf neugierig.
In der Rückreise von Berlin nach Hause befindlich, Deine Freundin

PS. Morgen geht's nach Griechenland und es kommt ein letzter Song in diesem Jahr für Dich. Dann tauche ich ab und bin gespannt auf Deine Lebenszeichen. Hab es schön. A

26.12.23 E-Mail

Lieber Henry,
Familie und ein Jugendstilmuseum waren meine
Highlights in Berlin.
Hier mein persönlicher Rückblick in Bildern, mitunter
spontan transformiert. Noch in Schemen ...- Du bist
hellsichtiger, als Du glaubst.
Ja, Du wirst geliebt sein in meiner Familie und es wird
sich schön anfühlen ... und bunt.
Deine Angel

26.12.23 SMS

Oha, so früh unterwegs, - dann bist Du nun
bereits wieder im Land der Bayern.
Per E-Mail heute Abend oder morgen mehr von
mir. Bin so weit genesen, dass ich am
Nachmittag mit meiner Tochter und Enkelin
meine Mum besuchen kann.

Hier noch ein Song und ein Album. Das erste
Lied passt sehr gut zum Schnurren eines VW
Bussles von oder nach Berlin: Schminke-MINE,
das andere hörte ich am Morgen MILES DAVIS:
a kind of blue, - ruhiger, tiefer Jazz vom
Allerfeinsten. Weiterhin gute Fahrt, H.

27.12.23 SMS von Angel

Kalimera, fili mou, "Καλημέρα, αγαπητή μο φίλη",

Ich freue mich, dass es Dir wieder besser geht und bin gespannt auf gemeinsame Zeit mit Dir in 2024.
Deine Dir immer verbundene Halbgriechin, die Dir - gerade selbst auf Kurzreise nach Griechenland - auf diesem Weg nochmals eine gute Reise wünscht, auf Griechisch "kalo taxidi" und Dir deshalb heute unter anderem ein traditionelles griechisches Lied schickt.

Danke Dir für Deine musikalische Wegbegleitung gestern auf der Heimreise allerdings im Ford-Fiesta, dem treuen Auto meiner Jüngsten. Besonders das Lied SCHMINKE von Mine und Orchester haben mein Herz erreicht. A.

27.- 30.12.23 Brief aus Griechenland, Thassos, Skala Potamia

Liebster Henry,
per E-Mail kommt nun mein letzter handgeschriebener Brief in 2023 an Dich.
Ich merke, dass ich in der Regel nur in zwei Schritten antworten mag/ kann, wenn SMS und E-Mail/ Brief sich überschneiden. Deine SMS mit Musik musste wieder erst einmal in mir wirken und Neues gebären.
Daher will ich Deine E-Mail erst im Neuen Jahr lesen, - da es mich sonst überfluten würde und ich den Gefühlen, die von der SMS in Gang kamen, nicht ausreichend nachspüren kann.

Es ist, als bräuchte es viel Zeit in mir, uns, Dir
nachzugehen und dann wieder zu mir zurück.

Viel zu oft ging ich in meinem Leben zu schnell und
habe die Klänge dazwischen nicht gehört oder in der
Eile nicht verstanden,- nicht damals bei meinem
verstorbenen Mann, - aber sonst immer.
Wenn mensch bei sich und beim Anderen angekommen
ist, darf man die Langsamkeit genießen.
Das will ich üben, mir Dir und alleine, um dem Raum zu
geben, was wir ineinander anstoßen.
Es fühlt sich groß an und nur in einem bestimmten
Tempo erfassbar.
Ich halte es für ein großes, vielleicht letztes Geschenk
in diesem Sein und empfinde es als Gnade, dass zwei
ganz große Lieben in meinem Leben möglich und
vielleicht lebbar sind.

In der Selbstbeobachtung stelle ich fest, dass ich üben
mag, Dich hin und wieder auf mich warten zu lassen, ...
- nicht gleich zu antworten, wenn Du schreibst, um
geduldig dem Raum zu geben, was sich da weiter
zwischen uns entwickeln will und dabei immer
erwartungsfrei zu bleiben.
Deshalb schreibe ich gerade mehrere Tage an einem
Brief und schwimme, singe und tanze danach immer
wieder ein wenig für mich allein am Meer.
Es ist herrlich hier. Ich bin glücklich.
Ich freue mich dann sehr über unsere Bewegung
aufeinander zu und unseren Mut.
Darauf war und bin ich nicht vorbereitet, ... - und wenn
ich dieser Wahrheit nachgehe, wird mein Herz weit,
dass Tränen des Glücks, der Sprachlosigkeit und

Dankbarkeit fließen.
Ich liebe ... Du liebst!
Ringst Du noch mit der Ablösung meines Spitznamens
Angie und Anwendung meines eigentlichen Vornamens
Angel bzw. Angelique?
Hält Dich noch etwas ab, das Altvertraute abzulegen?
Freundschaft, die sich transformiert?
Für mich dürfen wir einfach weiter einfach so
zueinander sagen, wie es sich gerade gut anfühlt und
kein Dogma daraus machen.
Ich kann Deinen Spitznamen gut ablösen und fühle
mich bei HENRY angekommen und bin neugierig auf
ihn:
wie er sich anfühlt als Mann, nicht als Freund, wie er
zaubert und zaudert, wie er berührt, fasziniert,
illuminiert, kooperiert, sich distanziert, sich berühren
lässt, streitet, weint, noch viel mehr mit mir lacht, liebt,
zerbricht, sich wieder aufrichtet, kreativ ohne mich und
mit mir ist, desillusioniert ist, sich feiert, mich feiert, ...-
unzufrieden mit sich und mir ist, mit Stille und lauten
Momenten umgeht,- dem Groll und dem Frieden in sich
und mit mir Raum gibt, - wenn es sein soll ...- wie er mit
den Monaten umgeht, die er „alleine" mit sich ins
Zwiegespräch und mit anderen ins Gespräch zu sich hin
geht und, - wenn er mag, - auf mich zugeht.

Wunderbarer Mann,
Komme leicht und voller Vertrauen ins Neue Jahr!
Möge ich in Dir, in der Zeit, die uns gegeben ist,
kostbare Klänge zum Schwingen bringen, die Dein Herz,
Deinen Geist und Deinen Körper freudvoll und mit
großer Flamme beleben.

Was werde ich 2024 tun?

... weiter auf meiner eigenen Reise sein und über uns staunen

... und warten ... - und definitiv Dir und mir helfen, uns zu highlighten.

Die auf dem Weg befindliche DEINE

PS. Bin gespannt auf Deine E-Mail. Danke für Deine Geduld bzgl. meiner Antwort.

27.12.23 E-Mail

Liebste Angel

Ja, es ist zum Lachen, dass der Gedanke in uns beiden reifte. Nach Deinem Schreiben an Heiligabend dachte ich mir schon, dass eine Einladung zu einem Konzert von Nino in (k)eine Überraschung verborgen sein mag.
Wunderbar.

Habe Deinen Brief am 24. am Nachmittag geöffnet. Vielen Dank für Deine Worte und die schönen Geschenke,- macht mich fast verlegen, Deine Großherzigkeit.
Aber ich freue mich darauf sie einzulösen.
Den Salzburgtermin vom Nino habe ich nicht als gemeinsame Möglichkeit in Betracht gezogen, denn da wähne ich mich bereits auf der Fahrt Richtung Westen,-

Du kennst ja meine Meinung zum Wiedersehen. Ambivalenz - aber dazu später mehr.

Deine Familienbilder vermitteln eine große familiäre Verbundenheit - Ihr wirkt gut, authentisch und gelöst miteinander. Da ist Spaß!
Du bist da sicherlich das verbindende Element, der Spirit, der Weihnachtsengel.

Das Bild, welches Du mir schicktest vom Pater - ja,
er sprach mit mir und gab mir das Büchlein.
Irgendwann liest Du es mir vor, vielleicht auch per Audio.
Hat Deine jüngste Tochter einen Zugang zum Glauben? Sollte ich auf die Idee kommen, meinen Söhnen von der Heiligen Rita vorzulesen, würde ich vermutlich ein mitleidiges Lächeln ernten - nach dem Motto „jetzt dreht de vadder endgültig durch". Gespräche über Multiversen und Metaphysik, ja.

Die Angel, der Nino und der Pater sind sich durch mich begegnet - so viel zum Gemeinsamen des Weihnachtsrätsels.
Muss gerade mal googeln, ob Du noch in der Luft bist oder bereits in Griechenland. So, vermutlich bist Du um 10.20h gestartet und bist jetzt - 11.45h - noch in der Luft. Und Wetter? Sonnige 16 Grad, nice. Öffentlich, Mietwagen oder Abholung - wie gehts wohl weiter?

Die Einladung zum Konzert, das Wiedersehen, beschäftigt mich. Es gibt viele Stimmen in einer Brust, in einem Kopf. Zwei Hauptprotagonisten stelle ich Dir vor, die natürlich ihre Berater haben, ihre Verbindung zum anderen Lager, vereinende und trennende Elemente - und eh Eins sind.

Der Erste ist mehr nachtaktiv, was schon mal mein Schlafverhalten stört. In diesem Theater, diesem Kopfzirkus vielleicht eher der junge Henry:

"Es geht nach Westen, die Seele will Abstand und Lösung. Es geht um Leben in der Gegenwart, ohne dass ein Teil abwesend ist. Gegenwärtigkeit!

Angels' Ruf aus dem Osten, das Licht aus dem Osten - eine Ablenkung. Nicht der richtige Zeitpunkt.
Ein Wiedersehen mit ihr lässt mich auch reisen, aber ich nehme viel mehr mit.
Es dient nicht den Zielen: Gegenwärtigkeit, Klarheit, Seele spüren, Halbherzigkeiten beenden, Liebe fließen lassen, den roten Faden aufnehmen.
Ich bin noch nicht GANZ, noch nicht bereit, werde ihr noch nicht gerecht."

Der andere Darsteller, nennen wir ihn Henry, springt aus dem Bett, - „Hurra, endlich Tag", schüttelt die Decke aus und ruft: „Nieder mit den schweren Gedanken. Du hast in allem

Recht, vielleicht sind die Gefühle
zwischen Angel und Henry auch aufgeladen,
aber Du überfrachtest die Reise ebenfalls mit
Begrifflichkeiten. Bei allem ist auch Leichtigkeit
nötig, unabdingbar! - und mein Lieber, Du
verkennst, die Gefühle zu Angel begleiten uns,
nehmen Raum ein. Das ist halt so!
Bruder, Du sprichst von Lieben, aber es gehört
doch zu unserer Gegenwart.
Also warum kein Treffen vor der Abreise, ein
Space, in dem sich auch unsere Körper
begegnen können, ohne die nichts geht und
deren Materie WIR sind.
Es dient ebenfalls der Klarheit.
Ich erkenne die Weisheit in Deiner Darlegung
und ich kann ihr folgen, bestehe nicht auf
einem Treffen.
Aber meine Intervention, kein Entschluss aus
zweiflerischem Kleinmut und Raum für
Spontanität. Nun lass mich nachts wieder
schlafen."

Eine Parodie, my dear,
hoffe, Du kannst mit mir über mich lachen.
Kannst Du mir auch den Raum lassen für eine
spontane Entscheidung (wie auf dem Kuvert,
spätestens 10.1.)?
Ich weiß, dass Du dies kannst, wie Du auch
eine Entscheidung gegen ein Wiedersehen
verstehst. ALLES KANN, NICHTS MUSS.
Am ersten Weihnachtstag war ich bereits recht
fit und wir hatten unser familiäres
Weihnachtsessen miteinander begehen

73

können. Dem runden Geburtstag eines
Freundes blieb ich fern.

Beim Schreiben bist Du mir immer sehr nahe
und ich genieße dies.

Aber auf der Terrasse in der Sonne sitzend, aufs
Meer blickend, zusammen sein, hätte eine
andere Qualität!! Wunderschöne Zeit auf
Thassos,
Grüße an C.

Fühle Dich umarmt und begleitet, *HENRY*

Ps. In der ZEIT vergangener Woche ein
kurzweiliges Dossier zu ENGELN gefunden.
Sende ich Dir nachhause.

28.12.23 E-Mail

Liebster Henry,
Ich habe über das 1. Kapitel des Buches "Die Austreibung
des Anderen" hinaus gelesen und verstanden, warum Du
es mir geschickt hast. Danke! Ich glaube, Byung-Chul Han
hat recht.
Wir beide sind damit eingeladen, weiter auf digitale Wege
zu verzichten, um aus dem Gleichen auszusteigen und das
Andere zu bewahren und zu feiern. Zumindest
miteinander.
Für meine Familie und einige Freunde werde ich den Pfad
noch ein wenig behalten.
Die Ausnahme bilden dann weiter bei uns beiden E-Mails,
falls wir gerade ländertechnisch zu weit voneinander
entfernt sind? - ist für mich gut lebbar.

01.01.24 SMS von HENRY

Diese Nachricht schickte ich vergangene Nacht - kam als nicht sendbar mehrfach zurück. Vielleicht zu groß, deshalb nun auf zweimal. Happy day!

ANGEL, - aus dem guten Beschluss wird nun ein gutes neues Jahr, welches ich Dir/ Uns wünsche.
Bin zurück von meiner Nachtwanderung zum Wetterkreuz, höre das von Dir geschickte Lied "Ziehst Du mit" von MINE. Ich umarme Dich.
Freu mich über Deine mutigen Schritte in diesem neuen Jahr, Du bist einfach stark und wunderbar; - freue mich auf meine eigenen Schritte, wie auch immer mich diese mehr noch zu mir hinführen.
Aber sehr neugierig, gespannt und mit viel Freude und Glaube schaue ich unserer Entwicklung entgegen. Ich habe kein Bild von uns,- unbeschrieben sind die Seiten jenseits der Freundschaft.
Trotz Vorsicht, Behutsamkeit, innerer Dialoge Auseinandersetzung, Kontroversen, Mahnung zur Entschleunigung und Geduld, ...- bleibt die Erkenntnis unserer Gefühle, Deiner Liebe, meiner Liebe, und das sich aus diesen etwas entwickeln kann und darf. Wir gestalten.
Ich bin bei Dir, bin dabei, ziehe mit.
K+h HENRY

02.01.24 E-Mail

Guten Morgen, lieber Henry,

Danke für Deine so offenen Gedanken in Deiner letzten Mail und die schönen Fotos mit Dir und Deiner Familie mit zauberhafter Enkeltochter. Deine Tochter wirkt glücklich als Mama.

Es gefällt mir, dass Du das Großvatersein feierst. Ich liebe es auch, lockerer und immer wieder auch wertvoller Anker für die Enkelkinder zu sein, die einem offen zeigen, ob sie einen klasse oder doof finden.

Mensch darf schauen und lieben mit Abstand und ab und an gute Hilfe leisten und bei den Eltern der Enkel/innen üben, nur auf Nachfrage Rückmeldung zu geben.

Deine Jungs sind Dein Ebenbild, vor allem Dein älterer Sohn erinnert mich sehr an Dich in jungen Jahren, - beide sind, wie Du, ultimativ unique und auf ihrem eigenen Weg, der authentisch wirkt. Es ist eine Scheuheit in ihnen, so scheint es. Aber Fotos bilden nicht alles ab und sind Momentaufnahmen. Ich mag mir nur ein vages Bild machen.

Zur Auflösung des Weihnachtsrätsels:
Stimmt, Du bist das Bindeglied. Was wir drei aber noch gemeinsam haben: Wir sind alle drei am 22.05. geboren und das ist das Sterbedatum der Heiligen Rita. Das Büchlein lese ich Dir gerne einmal vor. Nicht alles, aber alles zu ihrer Person.

Geschenke:
Ich mag Dein geschenktes Buch „Die Austreibung des Anderen",- es ist anspruchsvoll und sehr klug geschrieben.
Ich bin bei der Gesamtessenz noch nicht angekommen, berichte Dir dann aber, wenn ich es erfasst habe.

Kinder und Spiritualität:
Alle meine Töchter haben einen Zugang zur Spiritualität, sonst hätten sie die Mutter nicht gewählt.
Ich war mit ihnen immer wieder an spirituellen Orten wie Taizé. Meine Jüngste hat mit vier Jahren beschlossen, dass sie getauft werden will.

Heute ist der Bezug dazu am stärksten noch bei meiner zweitgeborenen Tochter. Aber mir zuliebe, lassen sich alle immer wieder mal zu kleinen Ritualen verführen.
Zu Jungs passt das sehr selten, mit dem Sohn meines verstorbenen Mannes war ich da auch nicht erfolgreich, heute noch lacht er über mich, aber seine Frau ist schon offener und dadurch kommt auch ein wenig mehr Neugier zu ihm.
Es ist also normal, dass Dich Deine Söhne für verrückt erklären werden, wenn Du hier zu ähnlichen Themen einladen würdest. Es kann sich aber mit den Jahren durch tiefere Erfahrungen ändern.

Wie kam ich nach Thassos und wie ist es da so?
Mit Onkel in Thessaloniki vom Flughafen zum Bus, mit dem Bus nach Kavala und der Fähre von dort zur Insel, denn C.
hat schon ein Mietauto gebucht.
Es ist herrlich hier auf der Insel, wenn auch seeeeeeehr still und ich bin gespannt, wann Du mich hier besuchen

wirst, wenn ich im September meinen Platz erstmal hierher verorte und von dort sehe, wohin mich mein Weg weiterführt.

Jahreswechsel:
Wie schön, dass Du zu Fuß zum Jahreswechsel am Wetterkreuz warst, - dann durch die Kastanie irgendwie auch ein wenig bei und mit mir.
Wir waren hier zu zweit am Meer bei Skala Potamia und haben weder Böller noch Raketen erlebt. Es war sehr speziell.
Davor gab es eine Jahresbesinnung, wo wir einander - Schönes und Beschwerendes - vertraulich aus dem Jahr 2023 erzählten und miteinander teilten, auf was wir uns in 2024 freuen.
Ich habe C. erzählt, dass es Dich nun auf eine neue, liebende Weise in meinem Leben gibt. Das war ein besonderer Moment, denn was im Verborgenen war, beginnt nun ins Licht zu treten.
Indem man seine Gefühle Dritten offenbart, tritt etwas Neues ins Feld. Sie sind Zeugen einer Begegnung zwischen zwei Menschen, die parallel zum eigenen Transformationsprozess in einen gemeinsamen Prozess einsteigen, bzw. eine Zusage gemacht haben, das zu prüfen.

Deine aktuelle SMS:
Deine zwei Nachrichten per SMS zum neuen Jahr haben mich erreicht. Danke für Deinen Mut, auszusprechen, dass Du mitziehst, denn es ist eine Zusage nicht nur zu mehr Nähe zu seiner Zeit, sondern auch zum Schmerz, einander wieder loszulassen, spätestens, sobald eine/r von uns das letzte Mal in dieser Dimension ein- und ausatmet.

Diese Gewissheit, - ich habe sie schon mal erlebt -, hat mich neben Deinen so ehrlichen Gedanken zu unserer "Überraschungswiedersehens-Option" in Deiner letzten E-Mail zum Jahreswechsel beschäftigt, weshalb es mir gestern, am Neujahrsmorgen, nicht gut ging. Ich habe verstanden, dass unsere Wiedersehens-Option um den 12.01., einen inneren Konflikt in Dir angeschoben hat. Verzeih mir! Das war egoistisch. Nun will ich zurückschwimmen, denn ich merke, dass es Dich von Deinem geplanten Weg mehr als ich dachte, abbringt.

Ich will die Einladung aber nicht zurückziehen, denn das wäre übergriffig und unhöflich, - daher wisse, dass ich es weiter so halte wie geschrieben: es kann, muss aber nicht. - Info dazu bis 10.01.

Wenn Du möchtest, kann ich Dir eine Hilfestellung anbieten, die ich immer wieder anwende, wenn ich mir unklar bin, was ich tun soll.

Drucke das hier aus oder schreibe es ab:

OPTION 1: Ich fahre auf Ninos' Konzert.
Angel und Henry lernen sich näher kennen. Wir trauen uns, auch wenn wir noch nicht so weit sind und nehmen in Kauf, dass es unsere Pläne durcheinanderbringen kann. Vielleicht ist das DER PLAN.

OPTION 2: Ich fahre nicht auf Ninos' Konzert.
Die Karten werden an Freunde von Angel verschenkt. Wir sehen uns nicht. Vielleicht gehen wir zu anderer Zeit einmal dorthin und feiern es dann. Henry und Angel sind noch nicht so weit, freuen sich aber auf die Zeit, wenn sie so weit sind.

OPTION 3: Ich mache weder das eine noch das andere. Die Karten werden verschenkt. Angel besucht mich am 12.01. abends und bleibt für eine Nacht. Wir können uns zusammen Songs vom *Nino aus Wien* anhören oder dem einfach Raum geben, was gerade sein will. Wir trauen uns, aber anders und ich muss nicht in den Südosten.

OPTION 4: Schreibe eine weitere Option hin, die noch nicht hiersteht.

Falte die Zettel, mische und ziehe dann "blind" einen. Höre auf Dein Herz und schalte Deine anderen Protagonisten, die alle sehr klug sind, für diesen Moment aus.

Kannst Du dem, was Du aufgedeckt hast, zustimmen? Wenn JA, prima. Wenn NEIN, ziehe das nächste Los. Dem Los, dem Du dann vom Herzen und Deiner SEELE her am meisten zustimmen kannst, das ist dann die beste Entscheidung zum Wohle Deines und meines weiteren Weges.

HENRY,

wann auch immer wir uns wiedersehen, ob in zwei Wochen oder drei Monaten, oder viel später, - wir werden uns dann näherkommen, auch körperlich.

Es ist also nur eine Frage der Zeit, - auch wenn Du dazwischen noch anderen Dingen und vielleicht sogar anderen Frauen Raum gibst, um in Deine Gegenwärtigkeit zu finden und Deinem Seelenplan Raum zu geben.

Denke bitte daran, dass Du dann der erste Mann bist, den ich nach 22 Jahren glücklicher Partnerschaft und mindestens zwei Jahren ohne partnerschaftliche Sexualität, in meine Nähe lasse.
Selbst zum ersten Kuss brauche ich viel Mut.
Ich werde also Zeit brauchen, Dich ganz zu mir zu lassen. Danke für Deine Geduld hier.

Fühl Dich umarmt und berührt, Deine Angel

04.01.2024 E-Mail

Dear Angel

Habe für mich den Entschluss gefasst, Dich am 12.01. im Osten zu besuchen, und im Anschluss gelost.
[Die 4. Option war ein Treffen zwischendrin.]

Erste Ziehung OPTION 1: Henry fährt zu Angel

Tränen laufen mir über die Wangen - nicht aus Erleichterung oder wegen der Entscheidungshilfe - sondern einfach, weil es ist, wie es ist.
Morgen mehr von mir, wenn ich mich wieder gefasst habe.

In Liebe, H.

04.01.24 abends E-Mail

Hey, lieber Mann in meinem Herzen,

Ich bin wieder gut zuhause angekommen.
Was für ein schönes und mutiges Los!
Ich freue mich auf Dich und bin gespannt auf uns. Alles
ist gut!

Ich muss am Freitag leider bis 15.00 Uhr arbeiten,
hüpfe dann aber gleich nach Hause und nehme Dich mit
nach Salzburg, wenn Du magst.

Den Haustürschlüssel lege ich Dir unter den
Blumenkasten am Eingang. Dann kannst Du früher
kommen und es Dir bei mir gemütlich machen.

Komm, lass uns einfach auf uns freuen, bei allem, was
uns misslingt. Wir machen es einfach so gut, wie wir es
können. Besser geht es nicht.

Hier noch ein Gutenacht- oder Gutenmorgen-Lied von
Danger Dan „Gute Nachricht" als Ausblick für den
12.01., das Du jetzt schon anhören kannst. Ich hab es
vorgestern entdeckt und dabei gleich an uns gedacht.
Ich bin in Gedanken bei Dir und freue mich auf mehr
von Dir, Deine Angel

05.01.24 E-Mail

HENRY,
Wie geht es Dir heute? Wie kommst Du mit dem
Zusammenpacken klar?
Deine Tränen haben mich heute Nacht begleitet in
meinen Gedanken.

Nach einer weiteren Nacht, in der ich wenig schlafe,
weil so viel kreist, ... ich hörte heute auch, es ist
astrologisch bedingt, dass wir stärker ins Fühlen
kommen, ... arbeite ich auf meinen inneren Durchbruch
zu.
Du, wie mir scheint, bist Du auch tiefer in Dich
gedrungen. Etwas hat sich lösen dürfen. Du teilst es mit
mir, wenn Du magst.
Wenn die Liebe mein Herz erreicht, erkenne ich es
daran, dass mein Appetit sinkt, denn das Gefühl nährt
mich dann so. Sechs Kilo weniger sieht man nun auch
im Gesicht.
Ich bin schmal geworden. Ich hoffe, ich gefalle Dir
noch.
Du sagtest mal, wir sehen doch beide noch super aus
für unser Alter, ... als beste Freunde bewerte ich das
anders, als wenn ich mich kritisch als Frau betrachte.
Da ist immer noch viel anzunehmen. Wir Frauen sind
meistens so.

Die schlecht geschlafenen Nächte machen mich
dünnhäutiger, so wie Dich ... *Tränen* fließen und
machen laut unserem Nino *wach*, ... *keine blaue Wut*,
wie in seinem Song... aber sonst passt er gerade gut zu
mir/ uns.

Morgen Mittag um 13.00 Uhr habe ich nun das, was
dran ist, auf den Weg geschickt: ich habe eine Online-
Familien-Konferenz mit meinen drei Töchtern erbeten.
Meine jüngste Tochter wird persönlich kommen, denn
sie wohnt in der Nähe. Ich merke, ich brauche ihren
Segen für meinen neuen Weg mit Dir.
Hier fließen nun auch bei mir Tränen, denn ich glaube,
dass es auch mit ihnen viel machen wird, wenn sie

hören, dass ich mein Herz und all das, was dazugehört, einem neuen Mann, der nicht ihr (Stief-)Vater ist, öffne und mit ihm prüfen darf, wie viel Zeit wir miteinander teilen.

Und es macht viel mit mir und hat etwas Klärendes. Da ist etwas nun offiziell zu beenden und etwas Neues will beginnen. Von meinem verstorbenen Mann selbst spüre ich schon lange den Segen, - vielleicht schon seit unserer Umarmung im Wald, als Du mich trösten wolltest.

Was für besondere Schritte wir schon jetzt miteinander gehen, jeder auch für sich, berührt mich sehr... kein erster Kuss ... keine innige körperliche Berührung... und doch so viel Klarheit und Glaube.

Sei umarmt.
Mit Dir verbunden, Deine Angel

PS: Wenn es Dir recht ist, mache ich den von meiner Freundin C. gewünschten DM-Einkauf zu Deiner Entlastung und gebe Dir den Karton dann in den Bus. Mir und ihr macht es Spaß und Du musst keine Liste abarbeiten.
Ich habe das schon mehrmals für sie gepackt. Passt das?

06.01.24 Brief von Henry per Mail vorab gesendet

Bonjour Angel,

Heute mal wieder in Handschrift.
Meine Reisevorbereitungen werden langsam

überschaubarer, vieles ist erledigt, manches noch zu tun.
Nächste Woche geht es lediglich noch ums Ausräumen und wieder einräumen und verstauen. Dann bin ich am Start.
Freue mich aufs Wegfahren/ aufs Ankommen in Mondès, aufs Kennenlernen Deiner Freundin C., -aber jetzt erstmal freue ich mich auf Dich, auf UNS und eine gemeinsame Zeit.
Es tut mir leid, wenn ich Dich mit meiner Entscheidungsfindung bezüglich unseres Treffens durcheinandergebracht habe. Aber ich wollte diesen inneren Konflikt nicht verschweigen und einen Entschluss ohne Kontext, der doch vorhanden war, mitteilen. Es ist gut so wie es nun ist.
Versuche, Dir gegenüber ehrlich zu sein, auch was eine Teilhabe an Prozessen betrifft, die in der Vergangenheit zu oft ohne meine Menschen stattfand. Ich lerne, entwickle mich. Und offenbare mich Dir gegenüber, so gut ich es eben kann.
Vielleicht entspringt auch Leichtigkeit letztlich aus einer Balance von ausbalancierter Schwere, von Gewichten, die fein austariert, einen Hauch von Schwerelosigkeit erzeugen. Dies tut der Leichtigkeit keinen Abbruch, es lebt sich unbeschwert. Nicht bequem – leicht!
Du verwendest das Wort MISSLINGEN. Mhhhm, dem muss ich nachspüren, denn ich sehe dies nicht.

Am Donnerstag war die Beisetzung meiner Schwiegermutter. Ich schrieb Dir, dass sie einen guten Übergang hatte [so fühle ich zumindest]. Mit ihrem Tod bin ich auch im Reinen. Dünnhäutig wurde ich aber durch die Erkenntnis, das Empfinden, dass dies auch ein Abschied meinerseits von der Familie meiner Ex-Frau nach sich zieht. Manche Abschiede vollziehen sich nebensächlich, ohne die Erkenntnis eines Abschiedes. Dieser hier war mir bewusst.

Nicht von Trauer begleitet, eher von einem innigen Loslassen, Weitergehen. Die anderen genauso wie ich.

„Die Austreibung des Anderen", das Buch, das ich Dir schenkte. So einiges musste ich nachschlagen. Aber die Gedankengänge des Autors finde ich nachvollziehbar, finden eine Resonanz in mir.

Es ist auch wieder eine Geschichte von den Polen und dem Spannungsverhältnis zwischen diesen.

Um die mangelnde Akzeptanz und Erkenntnis, um die Wichtigkeit dieser Spannung.

Es findet ein Missionieren, ein Gleichen statt, das Fremde und Andere soll transformiert werden. Im politischen, gesellschaftlichen, wirtschaftlichen und persönlich individuellen Spektrum.

Gelingt dies nicht, wird ausgegrenzt und abgewertet. Die Anerkennung und Wertschätzung des Fremden unterbleibt, das

Andere fühlt sich nicht gesehen, als Wesen ignoriert.

Die Schlüsse, die der Autor bezüglich Socialmedia zieht, sind spannend,- vielleicht eher erschreckend. Glücklicherweise sind wir in der Lage, Briefe zu schreiben! Wir sehen uns bald, können unsere Gedanken teilen.

Du hast Recht mit der Scheu meiner Söhne. Es ist wohl ein Erbe meinerseits. Diese Zurückhaltung aufzugeben ist ein Prozess, ein Weg, den sie noch gehen dürfen. Sich öffnen und zeigen ist wichtig. Vertrauen und Glauben in sich und die Menschen um einen herum aufbauen, sind wichtige Bausteine für ein glückliches Leben. Natürlich führt dies auch zu Verletzungen, aber diese vermeiden zu wollen bedeutet auch, das Leben zu reduzieren, es nicht in Gänze zu leben. Sie sind auf dem Weg, wie wir alle.

Angel, noch eins, sei unbesorgt. Ich verstehe, dass physische Nähe zu einem anderen Mann, zu mir, Dich beunruhigt, weil Du vielleicht noch nicht so weit bist, einen anderen zu empfangen.

Dein verstorbener Mann und Du, Ihr wart vom Schicksal gezwungen, einander loszulassen.

Dies ist keine Trennung, kein Ende einer Beziehung, weil man sich auseinanderlebte, die Liebe ging, oder ein Miteinander nicht mehr möglich war, ...

Spreche ich von Körpern, die sich begegnen wollen, erfahren wollen, spreche ich nicht

zwangsläufig von Sexualität [dies kann kommen, irgendwann, oder auch nicht – das werden wir sehen]. Intimität eines Blickes, das Geben und Erspüren einer beiläufigen Berührung, die Gegenwärtigkeit des Anderen wahrnehmen im selben Raum, das Greifen einer Hand, eine Umarmung, das Lösen einer Umarmung, ein Kuss ...- wie wir das empfinden, spüren, wahrnehmen, sagt uns das Medium KÖRPER.
All das, was ich eben aufzählte, ist doch schon sehr viel für einen Anfang. Um noch auf DANGER DAN und seine GUTE NACHRICHT zu antworten: Ich schlafe bei Dir, in welchem Bett wird sich uns noch offenbaren, wieviel Nähe wir uns zutrauen. Wir haben Zeit.
Ich freue mich schon sehr auf Dich.

KH, Henry

PS. Die nächsten Briefe dann wieder oldschool per Post [denn die Zeit zwischen den Briefen, einen Austausch sind gesegnet mit Geduld, Gelassenheit, einer selbstverständlichen Reife]

06.01.24 E-Mail morgens

Guten Morgen, meine Liebe,
Habe Deine Email eben erst gesehen, als ich Dir meinen Brief senden wollte. Es geht mir gut. Wünsche Dir Zuversicht und die richtigen Worte für Dein Date mit den Töchtern.

Fühl Dich umarmt, Henry

06.01.23 E-Mail abends

Liebster Mann in meiner neuen Welt.
Danke für Deinen Brief heute Morgen per Mail.

Ich liebe Deine Briefe immer, auch wenn die
Leserlichkeit mit den Jahren weiter herausfordernder
wird, vor allem per Mail. Das weißt Du. Ich schrieb es
schon. Bitte gerne das Original am Freitag mitbringen.
Kommt in meine HENRY-Schatzkiste.

Verabschiedung Deiner Schwiegermutter:
klingt schön, warm und rund. Ich habe gelernt,
Verwandtschaftsverhältnisse erlöschen nicht, trotz
Scheidung oder Tod des Ehepartners. Du bleibst immer
verbunden.
Die Zeit wird zeigen, wie wichtig es Dir ist, mit Deiner
ersten Frau und ihrer Familie in Verbindung zu bleiben.
Also in welcher Tiefe.

Die Schwestern meines verstorbenen Mannes sind wie
Schwestern für mich. Wir werden weiter in Kontakt
bleiben, bis wir ausatmen. Die Beerdigung seiner Mama
werde ich hauptverantwortlich begleiten. Das hat sie
sich so gewünscht und ich freue mich, dass sie mir das
zutraut und ihre Töchter es auch stimmig finden.

Dennoch:
Wenn eine Tür zugeht, geht eine andere auf und daher
werden wir nicht alles festhalten können und müssen,
wenn wir Zeit für uns selbst und für das, was noch dran
ist, haben wollen, - sonst gibt es keine
Entwicklung. LOVE AND LET GO

Einkäufe für meine Freundin C.:
Erledige ich mit ihr mit Videochat am Montag. Da Du
nichts dazu gesagt hast, gehe ich davon aus, dass es
okay für Dich ist.
Ich habe sie heute auch um ihren Segen für unseren
Weg gebeten. Wurde erteilt.

Heute hatten meine Töchter und ich um 13.00 Uhr nun
unsere erste Online-Familienkonferenz.
Meine jüngste Tochter war hier. Es war sehr schön und
anrührend. Sie haben sich alle drei für mich gefreut, vor
Freude gelacht, dass ich mich traue, Raum zu geben für
eine neue Liebe, es richtig gefunden und sind
nun gespannt auf Dich. Meine Jüngste besonders.
Vorab bat ich alle drei auch noch um ihren Segen zu
meiner Reise im September. Das viel ihnen schwerer,
aber sie gaben ihn.
Ich bin erleichtert, denn dieses Ritual schien für mich
sehr wichtig und ich kann nun wieder besser schlafen.

Zeit mit Dir ab Freitagnachmittag: Hey, das klingt nach
meeeeehr Zeit mit uns. Schööön!

Welche Gutscheine willst Du einlösen? Alle beide oder
nur die *Reise um die Welt*-Wellenbehandlung?

Wir könnten das Dunkelrestaurant auf März/ April
schieben?

Sag einfach an, damit ich mich vorbereiten kann. Und,
hey, ich will schon, dass wir in einem Bett schlafen. Das
habe ich oft geträumt und hoffe, dass Du das auch
erfahren möchtest.

Wir haben vor über 37 Jahren schon in einem Abteil
geschlafen. Dann schaffen wir das jetzt auch.

Schwing noch gut raus aus Deinem Zuhause.
Dein Eichen-Schild ist jetzt bei mir. Willst Du es selbst
"einbrennen"? Mein Gefühl ist, es gehört zumindest
Dein Schriftzug drauf.
Eine Übung habe ich schon auf einem weiteren Schild
gemacht. Zeig ich Dir dann nächste Woche.
Fühl Dich umarmt, Deine Angel

07.01.24 E-Mail

Lieber Henry,
Meine teils erblindete Freundin wird am nächsten
Samstag
82 Jahre alt.
Es geht ihr gerade nicht sehr gut und sie wünscht sich,
dass ich mit ihr und ihrem Mann zum Mittagessen am
Simssee gehe. Ich bin ihr Engel.
Kannst Du mich am Samstag für zwei Stunden von 12.-
14.00 Uhr entbehren? Wenn nicht, musst Du mit.
Es reicht, wenn Du mir am Freitag Bescheid gibst.
Hab es fein, Deine Freundin

07.01.24 E-Mail

Dear ANGEL

Es freut mich sehr, dass Deine Töchter Dir für
eine neue Liebe ihren Segen gaben. Waren die
drei bislang noch nicht eingeweiht in Deine
Thassospläne?
Es ist gut, wenn wir Unruhe in uns beseitigen

91

können, um in einen tiefen und erholsamen
Schlaf zu finden. Heute bin ich sehr müde, freu
mich auf den Schlaf.

Viel erledigt, und jetzt am Abend noch mit
meinem Übernachtungsgast, meinem Jüngsten
gekocht, gespeist und eine kleine
Wohnungsübergabe vollzogen.

Während Du Deinen Engelsaufgaben
nachgehst, werde ich mich darin üben, auf
Dich zu warten. Aber man wartet doch gerne
auf himmlische Wesen.
Wenn Zeit ist, wäre eine *Reise um die Welt*
verlockend, kann aber auch gerne im Frühjahr
stattfinden.

Und Du machst nun den telefon- und
bildbegleiteten Einkauf mit Deiner Freundin,-
wäre vielleicht schon witzig gewesen, doch ich
bin froh, dass dieses Abenteuer an mir
vorbeizieht. MERCI.

Am Donnerstag bin ich noch auf Geburtstag
bei meiner Mutter. Wie ich erfahren habe, sind
alle meine Brüder vor Ort. Ein Come together.
Am Morgen fahre ich dann weiter zu Dir.
Freude!
Träum schön, sleep well

K+h, HENRY

08.01.24 E-Mail

Hey, Du Sonnenschein,

Dein himmlisches Wesen, das immer wieder auch sehr irdisch unterwegs ist, übt sich ebenso in Geduld! Wirst schon noch merken. Die wunderbaren Töchter wussten über meine Thassos-Pläne Bescheid,- aber es gab noch keinen Segen dazu.

Hab noch einen schönen Abschied von Deinem Zuhause und Deiner Familie,- suuuuuper, dass Du alle nochmals siehst.

Ich freue mich auf unser nun baldiges Wiedersehen (nur noch viermal schlafen) und schicke Dir für heute noch eine herrliche musikalische Tagesbegleitung, Deine Angel

10.01.24 E-Mail

Bon soir Madame

Bus ist fertig gepackt, alles verstaut, Fahrrad verzurrt. Es kann losgehen. Jetzt bin ich noch mit einem meiner best friends verabredet, vielleicht Essen beim genialen Perser in Würzburg. Egal, wir finden schon was.

Das Pferdefutter Deiner Freundin kam heute an - just in time - ihre Jahresration Tabak hab ich verstaut, kommt noch das "kleine DM-Paket "hinzu.

Happy, dass es losgeht - und freu mich sehr auf Freitag, auf Reisen, Kolbermoor, unser Konzert - auf ANGEL, auf DICH, auf UNS. Spannend.
War heute am Nachmittag mit dem bike am Wetterkreuz - Grüße von der Kastanie (die Impression von der untergehenden Sonne in der klaren kalten Luft hätte ich gerne mit Dir geteilt - leider Handyakku leer).
Vielleicht noch morgen früh, auf dem Weg zu meiner Mutter.

A bientôt, fühl Dich umarmt,
HENRY

10.01.24 E-Mail

Mon ami,
Wie schön! Noch von allen, die Dich lieben und die Du liebst, in Ruhe Abschied zu nehmen.
Auch von Deinem/ unseren Platz an der herrlichen Wegkreuzung mit der Kastanie.

Das mache ich dann im Juni bis August auch. Ich bin sehr froh, dass Du noch vorbeikommst und wir Zeit miteinander teilen. Noch zwei oder mehr Monate wären unzumutbar.
Hab es schön heute Abend mit Deinem best friend.
Das Paket von DM ist tatsächlich ein Umzugskarton geworden. Ich hoffe, wir kriegen es noch in Deinen Namenlosen.
Warum nennst Du ihn nicht einfach J(A)HWE? Das ist die freie Übersetzung aus dem Jüdischen für den "Namenlosen": ... wäre wohl etwas unpassend und Klänge für Außenstehende spöttisch?

Du wirst auf der Reise also nicht nur Dich ganz finden, sondern auch einen Namen für Dein treues Gefährt.
Komm morgen gut los.

Wieder eine Schnittstelle findet sich:
Morgen haben zwei wichtige Menschen in unserem Leben Geburtstag: Deine wunderbare Mama und meine erstgeborene Tochter, die 36 wird.
Wir zwei kennen uns länger. Dieses Mal werden wir nicht anders abbiegen und parallel weiterschwingen.
Dieses Mal trauen wir uns. - Es war schon damals im Zug diese Verbundenheit, aber es war eben noch vorher vieles andere zu erleben, bevor wir füreinander bereit sind.
A bientôt et bonne nuit, Deine Angel

PS: nur noch zweimal schlafen ...
Essen wird am Freitag auf dem Balkon stehen, hinterer Tisch, ... einfach warm machen, dann ein heißes Bad, Dusche nehmen?
Oder einfach ein wenig im Bett dösen, oder schon an Deinem Gedenkschild zaubern, mach was Dir gefällt...
Die Araber sagen "beti betak", bedeutet: mein Haus ist Dein Haus.
Fühl Dich wie zuhause und genieße es, trotzdem als Gast behandelt zu werden...- erst mal.

Fr., 12.01.24. Karte am Bett bei Angel für Henry

Hello you ...- wie schön, dass Du heute das erste Mal bei mir schläfst, ... in einem Bett ... - nicht nur in einem Wagon oder einer Wohnung ... ein großes Stück näher.
Ich bin gespannt auf das, was es mit uns macht.
Deine Angel

Di., 16.01.24 SMS von HENRY aus Annecy

Bon jour ANGEL, wunderbares Weib,
Ein morgendlicher Gruß aus Annecy am See.
Es ist kalt und klar hier in den Seealpen.

Ich schreibe Dir, ein Lebenszeichen, nicht
wissend, ob dies nun gut ist für jeden für
uns. Ich unterscheide zwischen der Klarheit der
Gedanken und der Wärme des Herzens.
Unterscheidung ohne Trennung. Heute folge
ich dem Herzen.
Es geht mir gut, Dir hoffentlich auch.

Wünsche Dir einen happy day.
Mit Geist, Seele und Herzen bei Dir
mit Umarmung, Kuss und Liebe, Dein HENRY

PS: ein fauler Hund liegt noch mit Kaffee im
Bett

Antwort-SMS

Bonjour, liebster Mann,
gerade verschloss ich Dein Kuvert mit Mütze, die Du an
einem Pfosten beim Haus hast liegen lassen. Bin auf
dem Sprung in die Arbeit. Ich freue mich immer, von Dir
zu hören. Klingt herrlich - ... ich genieße mit und feiere
daneben meinen eigenen Weg. Deine A.

18.01.24 SMS von Henry aus Mondès

Meine Liebe,

Ja, feiere Dich, ich highlighte Dich mit. In Mondès gestern angekommen. Dazu die nächsten Tage mehr. Merci für mein neues Skizzenbuch, sowie Deine Gegenwart darin. Dein jugendliches Foto mag ich sehr. Sollten wir mit meinem Passbild verschneiden, eine interessante Retrospektive. Blick in ein Paralleluniversum.

Das Eichenschild ist sehr schön geworden. Wenn Du noch Lust hast, schreibe noch folgendes in klein darunter in Deiner Handschrift:
"Atmen, leben, lieben. Dankbar sein."
Vorschlag: Nur ölen, kein Schliff mehr.

Bin um 10h mit C. verabredet, Zeit aufzustehen. Hätte Dich gerne hier im Arm, Berührung innen und außen.
Küsse Dich, Henry

PS. Wenn Du Interesse hast, sende ich Dir ab und an Reiseberichte. Manche streifen auch unsere Reise.

A bientôt, HENRY

18.01.24 E-Mail

Hey, wunderbarer fauler Hund,

Meine Highlights des Tages:
morgens in Gedanken in Deinem Arm erwachen und
Deine Nähe spüren.
Die Wohnzimmermatratze zu meinem neuen
Schlaflager zu erklären und das alte Bett beschließen,
zu verschenken.
Alles hat seine Zeit.
Die Morgenmeditation täglich beim Segnen mit Tränen
der Dankbarkeit beenden über die Gnade, dass wir uns
gefunden haben.
Im Laufe des Tages zwischen Schmerz (Du bist weit weg
... wirst Du gut zu mir sein?) und Glücksgefühlen (Du
bist mir soooo nah) hin und her zu schwanken.
Mit der Oberstufe den ersten Tanzkurs im
Mehrzweckraum erleben und schwebend alleine durch
den Raum zu tanzen. Dabei zu merken, wie glücklich
mich Tanzen immer wieder macht und ich so fein zu Dir
hinschwingen kann.

Den Kindern in der Schule zuschauen, wie glücklich sie
hier sind und ein wenig stolz sein, dass ich das mit allen
irdischen und überirdischen Helferengeln auf den Weg
bringen durfte und konnte.
Das engagierte und fröhliche Team sehen, das mir
fehlen wird, weil hier alle soooo wunderbar sind ... und
mich aber freuen auf Zeit mit Dir .... viele "Faule Hund"-
aber auch kreative und intensive Tage.
Am frühen Abend dann noch eine eigene Innere Wellen
-Behandlung von meinen Kolleginnen bekommen und
selber welche geben. Entspannung pur.

Zufrieden zuhause angekommen und eine liebevolle Nachricht von Dir geöffnet.
Mit großer Freude Dein Schild nach Wunsch "feingeschliffen".

Henry, Du inspirierst mich (ich hoffe, ich Dich auch). Ich fahre viel Berg und Tal mit meinen Gefühlen, wenn ich zu Dir hindenke.
Ich werde lernen, damit umzugehen.
Ich bin gespannt auf Deine Reiseberichte ...- war ich schon immer.

K & h, Deine Angel

PS: ... nach der von mir vorbereiteten schulinternen Fortbildung am Dienstag, sagt unsere Schulleitung, meine Nachfolgerin zur Frage, was ihr in Erinnerung bleibt: die unverhandelbare Führung.
Das hat mich sehr schmunzeln lassen.

17. - 19.01.24 E-Mails
Doku der Anreise nach Mondès und der Zeit dort

Tag 1 der Reise
Die Idee: Jeden Tag drei Fotos (nicht dogmatisch) an meine Mailadresse senden und einen blog- bzw. tagebuchähnlichen Eintrag schaffen, den ich ggf. auch teilen kann.
Heute am Abend einen Stellplatz in Annecy/France angefahren nach einer langen Fahrt durchs bayrische Voralpenland, die

Schweiz durchquerend, parallel zum Jura
fahrend bis an den Genfer See.
Nässe, Dunkelheit, tiefhängende Wolkendecke
hielten mich von einer Übernachtung bei
Zermatt ab - das Matterhorn, dieser
Sehnsuchtsort, muss noch warten.
Gelandet bin ich nun am Lac d'Annecy:
Wunderbare Altstadt am Abfluss des Sees.
Eine kleine Bar gefunden, umgeben von
Franzosen, die letzte kleine Challenge des
Tages genossen: „Parle français" - nun, das Bier
kam an.
Die zweite Aufgabe war dem Aufbruch, dem
Unbekannten dieser Reise, geschuldet.
Die Überwindung dieser inneren Spannung,
dieses Lampenfiebers, kann auch noch als
Genuss gelten.
Die schwerste Übung war der Abschied von
einem sehr nahen Menschen. - Erst
hinausgetrödelt, dann rasch vollzogen.
Richtiger Weg, aber es bleibt vieles
Unausgesprochen.
Der letzte Kuss, die letzte Umarmung, ein letzter
Blick.
Es verbleibt das Vertrauen in die Stärke des
Bandes, in unsere Entwicklung und weiteren
Wandlung aufeinander zu.
Aber hier gibt es auch ein Hurra, ein Feiern und
Highlighten fürs Losziehen.
An der Schwelle zur ersten Nacht beende ich
mit meinem Mantra: „Offen werden, sein,
bleiben - für alles, was da kommt."

Tag 2 der Reise:
Nach einer kalten Nacht mit unruhigem Schlaf
- denn mal zu kalt, mal zu warm - einen
wunderbaren gechillten KaffeeBettMorgen
verbracht.
Atem- und Dehnübungen, Gedanken auf NULL
stellen und DANKE sagen.
Im Anschluss ein Spazierengehen am Seeufer:
Eindrucksvolle Kulisse, markante schneeige
Berge, krasse Felsen, wunderbarer sonniger
See, über dem noch ein leichter Dunst hängt.

Wenn Bedürfnisse und deren Befriedigung auf
leichte Art zusammenkommen, kann auch von
einem kleinen Glück gesprochen werden.
In diesem Fall von einer sauberen öffentlichen
Toilette, die noch nicht mal gesucht, bereits
gefunden war.

Auf die Autoroute, bei bestem Wetter die
Seealpen entlang, durch sich stetig veränderte
Landschaften - dem Meer bei Narbonne
entgegen.
Die Landschaften Frankreichs verdienen
Beachtung, alle halbe Stunde erneut Lust auf
eine Biketour, mal an der Ardèche, nach
Grenoble, durchs Küstenhinterland, das
Roussillon durchquerend ... eine Tour de France
- ein andermal.
In der Dunkelheit den Stellplatz direkt am Meer
erreicht, kein anderer vor Ort, völlig allein an
diesem riesigen Strand.
Meeresrauschen, Sterne, Sichelmond, ein
Kerz'chen, ein warmes Mahl - das Universum

liebt mich, einige Menschen lieben mich.
Ein Zeichen!
Am Strand, an dem ich mit meinem Klappstuhl
in den auslaufenden Wellen saß, bei lauen 12
Grad. Während der Fahrt begleitete mich das
Hörbuch „Der Mensch - im Grunde gut" von
Rutger Bregman – Füchse bzw. Polarfüchse sind
u.a. Thema - und hier am weiten Strand trabt
gemütlich ein Fuchs, - von links kommend um
mich herum, keine zwei Meter von meinen
nackten Füßen entfernt und verschwindet
hinter meinem Rücken in der Dunkelheit.
Ich fühle mich beschenkt, geführt. Von
Menschen und Universum angenommen.
Großherzigkeit bedeutet, ein solches
Geschenk, diese Liebe wiederzugeben, ohne
Rückhalt.
Herz öffnen, fließen lassen. Versuche, Dämme
abzubauen, renaturieren bei gleichzeitiger
Entwicklung, das Werden zum liebenden
Menschen - oder vielleicht schlicht
Menschwerdung.
Genug für heute,- spirituelle Vertiefung ein
andermal.
Das Leben will geliebt und gelebt sein.
Gegenwart ...

Tag 3 der Reise:
Stürmische Nacht am Strand im sicheren Bus
verbracht.
Ein schöner Moment, noch schlaftrunken am
Morgen aufs Meer zu schauen. Schaumkronen,

sich brechende Wellen, die vom Wind
gepeitscht über Nacht erstarkten.
Geschirr in den auslaufenden Wellen waschen,
ein Bettkaffee - und los gehts.
Richtung Toulouse/Mondès. Verregnete Fahrt
durch das schöne Roussillon. Nordwestlich
nach Toulouse ändert sich die Landschaft und
wird zunehmend von Ackerbau definiert.
Das Land wirkt grau, trist, umgeschoren und
aufgebrochen.
Vor meinem Ziel Mondès wird es warm, die
Sonne zeigt sich. Die Hügel, Wälder, Rebstöcke
kehren zurück - Gott sei Dank.
Ankunft,- Landgut Mondès erreicht. Ein
herzliches Willkommen von Angels´ engster
Freundin.
Eine Führung: Die Bilder, die ich sah, haben
nicht zu viel versprochen - eine Oase. Eine
Oase, die der stetigen Pflege und Arbeit
bedarf. Es gibt zu tun.
Die angestrebte Langeweile wird kein
Selbstläufer, auch diese braucht Raum, um
einer weiteren Entwicklung förderlich zu sein.
Meine Gastgeberin kam eben vom Hufschmied
zurück. Restaurant oder Kochen? - das ist hier
die Frage.

Tag 4 der Reise:
Olala. Muss mich bereits konzentrieren, das
richtige Datum zu erfassen. Heute habe ich
den ersten Tag komplett auf dem Anwesen
verbracht.

Mit meiner Gastgeberin gestern Abend noch ein Glas Wein getrunken - und doch noch gekocht.
Salat, Gratin und Omelette. Ihre Dankesmeditation, -ein Ritual, ein Gebet vor dem Essen, eingeläutet von einer Klangschale erfahren.
Ebenso am Vormittag bei der 10h Zusammenkunft, bevor wir über Planung und Strukturierung sprachen.
Kann man machen, hilft beim Fokussieren - und schadet nicht.

Acht Hektar Gelände, einige Gebäude/ Chalets und überall verteilt noch Sturmholz.
Heute muss ich erstmal Struktur für mich schaffen:
Habe mein Auto entladen, Maschinen verräumt, den Frölingkessel befeuert, usw.

Beim Anfahren des Rückzug-Stellplatzes gleich mal den Wagen versenkt im durchweichten Gelände.
Irgendwie kamen wir, der Namenlose und ich, auch wieder raus.
Mein Zeitablauf, das Konfigurieren meiner inneren Uhr bezüglich Tätigkeiten auf dem Gelände, gemeinsamer Zeit, sowie meiner Inner work und kreativem Bestreben - meinem Hauptanliegen - darf sich noch definieren.
Vermutlich bedeutet dies auch wieder früher aufzustehen.
Hmmm, da gilt es noch etwas abzuwägen.

Am Abend tauschten wir noch
Familiengeschichten aus. Ein vertrauliches,
offenes Gespräch, sicher nicht das letzte.

<u>Tag 5 der Reise:</u>
Es wird kälter!
Bin wieder bei Kaffee angekommen, heißt 2-5
Tassen,- Tee derzeit weniger stark vertreten.
Meist esse ich erst am Nachmittag eine
Kleinigkeit, rasch belegtes Brot im Stehen
verschlungen.
Am Abend gibts dann warme Küche.
Vielleicht nicht gesund auf Dauer, aber mehr
brauche ich derzeit nicht. Angel geht's wohl
genauso.
Die Sonne kommt heraus. Ich mache eine
Bestandsaufnahme des westlichen Chalets:
„Schwellen vermodert, im Dach leben
Siebenschläfer, Marder oder ähnlich,
Unterspannbahn überraschenderweise
vorhanden, aber ohne Funktion, da in
altersbedingter Auflösung, bzw. zerstört vom
Getier. Keine Zwischensparren-dämmung
vorhanden. Hoher Sanierungsdruck - was ist
hier die Lösung? - We will see.
Dünnhäutigen, sensiblen Abend verbracht, zu
Angel hingedacht, hingesehnt ... It isn't easy.
Noch eine letzte Zigarette vor dem
Schlafengehen.

20.01.24 E-Mail

Angel,
wunderbares Wesen so far away.
Zwei weitere Berichte habe ich Dir eben
gesandt.
„Wird er gut zu mir sein?" ... - ich hoffe, glaube
...
Mein Herz ist so voll, es macht mich glücklich -
und es zehrt an mir. Paradox.
Eine Inspiration für Dich zu sein fühlt sich gut an,
und ja, mir geht es ähnlich:
Dich an meiner Seite zu wissen, mich von Dir
begleitet zu fühlen, lässt mich weiterdenken
und leichter springen ...
fühl dich geliebt von mir. Oder anders gesagt -
ich liebe dich...
Henry

Tag 6 der Reise:
Was war heute?!
Früh aufstehen, um zu trödeln, wobei das
Trödeln positiv besetzt ist.

Zwei, drei Dinge noch auf dem mit Raureif
überzogenem Gelände erledigt (eine
sternenklare kalte Nacht bei -7 Grad ging
voran).
Beim Entrinden eines Eichenastes eines meiner
großen Bildhauereisen - das Berner Eisen -
benutzt.
Es fühlte sich in meiner Hand gut, richtig und
sehr vertraut an. Trotz der Jahre. Der Körper

erinnert sich und verschickt die Botschaft:
Hier geht noch etwas, hier will kreiert werden.
Vielleicht muss in Sachen Kunst der Körper
vorangehen, der Rest folgt.
Die Biketour führte mich in ein Städt'chen
namens Condom, 25 km entfernt, welches sich
um eine große Kathedrale schmiegt.
Die erste Stunde der Tour kein voiture, no
bicyclettes, ne pas de passantes, ich war ganz
allein in dieser abwechslungsreichen
Landschaft, des Gers, mit seinen schweren
Lehmböden.
Ich kenne die Bodenbeschaffenheit, weil ich
drin steckengeblieben bin.
Eine Gemengelage aus nasser lehmiger Erde
und Eichenlaub verdickten sich so dermaßen
um die Hinterradschwinge, da dreht sich kein
Rad mehr.
„Du kommst nicht über Los - trage Dein Rad
die nächsten 500 m."
Auf dem Rückweg war ich ganz verzaubert
vom Anblick der Pyrenäen, die in der
Abendsonne leuchteten. Fern und doch zum
Greifen nahe. Wunderschön. Dachte an die
Pyrenäenwanderung meines Jüngsten.
Nach einem gemeinsamen Abendessen mit C.,
den Abend alleine vor dem Kamin verbracht:
Musik hören, Reiseberichte eintippen,
Bauskizzen anfertigen, Gedanken und Gefühle
ordnen - soweit möglich, Herzens-SMS
schreiben, Herzens-SMS versenden! ... Wein und
Brot bis nach Mitternacht, bonne nuit.

Tag 7 der Reise:

Heute, Sonntag, fuhr ich mit C. zu ihren Pferden.

Eine halbe Stunde Fahrt, Richtung Südwesten, immer auf die Pyrenäen zu. Es ist warm, Sonne-Wolkenmix, wie ich es gerne habe. Die Gebirgskette, die stetig näher rückt, beschenkt uns, macht deutlich, welch ein Geschenk dieses Leben, diese Wahrnehmung von Natur, Mensch, Spirituellem, Zwischentönen und so vielem mehr ist. Teilen und Anteilnehmen an dieser Fülle! Lebensfreude, Dankbarkeit und Demut verdichten sich in solchen Momenten zu Glück.

Die Berührung eines Pferdes ist ein intensives Erlebnis, das Ertasten seiner Muskeln, Spüren seiner Kraft, Hals, Rist, Rücken, Bauch, Vorder- und Hinterbeine.

Man betrachtet sich von Lebewesen zu Lebewesen, die Gegenwärtigkeit des Tieres verbleibt dem Menschen. Eine neue Erfahrung, die sicher auch noch tiefer gespürt werden kann.

Heimfahrt mit Bike, zahllose Momente des Innehaltens für einen letzten Blick auf die Berge, bevor sie endgültig hinter mir verschwinden.

21.01.24 E-Mail

Bonjour, mein schöner Mann,

Danke Dir fürs Teilen Deiner Gedanken und
Bildimpressionen auf Deinem inneren wie äußeren
Weg, seit Du von hier aufgebrochen bist.
Drei Tage durfte ich üben, mich nicht bei Dir zu melden
...
kein Plappern, damit ich zeige, ich bin bei Dir. Du weißt
das.
Auch wollte ich dem Eindruck nachgehen, nicht zu
stören im Kennenlernprozess des Platzes und meiner
Freundin, die jetzt auch ein Stück Deine Freundin wird.
Seit Du am Montag von hier weggefahren bist, erinnere
ich mich an keine Stunde mehr ohne einen Gedanken
an Dich.
Es ist schön und manchmal beschwerend.
Ähnlich wie bei Dir...?
Danke, dass Du gut zu mir sein willst.
Ich habe trotz langjähriger Treue meines verstorbenen
Mannes immer noch kein wirklich gutes Männerbild ...
zu viele Männer davor, inklusive meines Vaters mit
meiner Mutter waren vom Gedanken des MEHR
Anderes und nicht dem Interesse der Verbundenheit in
die Tiefe geleitet.
Ich mag diesen Schmerz in diesem Leben nicht mehr
ertragen müssen.
Unser neues gemeinsames Foto fesselt mich sehr, vor
allem Dein Blick darauf. Ich habe es deshalb heute
ausdrucken lassen und in meiner Wohnküche platziert.
Das große Bett aus dem Schlafgemach ist verabschiedet
und jetzt ein etwas kleineres Bett zum Aufbau bereit. Es

hat keine Ehegeschichte, auch wenn sie schon über zwei Jahre fertig geschrieben ist. Es passt nicht mehr.

Ich sehe dieses Bild: mein einzigartiger Henry, wenn er bei mir ist, wird er mich ganz nah bei sich haben wollen und ich ihn. Wir brauchen kein großes Bett mehr ... wir brauchen uns.

Was meinst Du? Lenken wir uns ab von unserem eigenen geplanten Weg?

Ich finde, nein. Der Weg wurde durch jeden von uns individuell geplant und so haben wir uns gefunden.

Das ist das wesentliche Gemeinsame: Die Entscheidung des Aufbruchs zu neuen Ufern und der Mut, das bekannte Feld zu verlassen ... mit der Option, zu scheitern.

Wir sind noch nicht so weit, das stimmt. Es zeigte sich an unserem Wochenende im Feld unserer gemeinsamen Körperlichkeit ... zwischen dem Gefühl "souveräner" Erfahrung und kindlicher Unsicherheit. Hey, ich kann doch nicht mit meinem ältesten Freund bzw. Freundin ins Bett! Da ist ein jungfräuliches Bild von uns als 19 und 20jährige.

Ich vermute, wir müssen unser bisher vertrautes Bild von SO GEHT DAS lösen und uns neu auf den Weg stellen, um das zu erfahren, was wir noch nicht erahnen können und für uns bereit liegt. Wir werden gefühlt nie vollständig fertig füreinander sein, Henry, ... das gibt es nie, wir sind ja nicht perfekt, ... aber ich vermute, dass wir das aushalten müssen,

weil der Rest eben gelebt werden will, der uns dann vollständig macht.
Wie genau, das werden wir schnell spüren und gut lösen.
Auch unsere zwei Passfotos als Jugendliche sind ausgedruckt und warten auf eine Retrospektive.
Ich bin allerdings immer noch mit Schild und den zwei Stempen beschäftigt.
Heute kam Leinöl auf Dein Schild. Es ist dadurch nochmals schöner geworden. Tiefer, kostbarer. Danke für den Tipp!
Jetzt kann ich es auch feiern und werde es zeitnah seiner Bestimmung zuführen und es segnen, damit es eine Weile dortbleiben darf.

Achte auf Dich, denn Mondès kann einen förmlich "erschlagen" mit Aufgaben und die eigene Zeit muss erkämpft werden. Ich weiß das, denn auch auf Urlaub dort zog es mich jedes Mal mindestens einmal ans Meer, um Abstand zu bekommen.
Deine letzte Nachricht habe ich besonders geliebt!
Das Foto mit Spiegel (mit Dir) in der Natur ist genial ... und gut, dass der Namenlose wieder festen Boden unter den Reifen hat.
Danke für Dich!
Dein frierendes, Dich liebendes Weib

22.01.24 E-Mail

Guten Morgen, Lieblingsmann!
Ich hoffe, Du schläfst gut.
Eine Idee für heute oder die kommenden Tage, Henry.
Gestalte ein Akrostichon. Ich mache es auch aus meiner

Perspektive und schicke es Dir, sobald Du Deines fertig hast und es haben magst.

Deine Dich liebende Reisebegleiterin,
die sich beauftragt fühlt, Dich dabei zu unterstützen,
Deine kreativen Kräfte wieder und noch viel stärker als
bisher dagewesen, ans Licht zu bringen.

PS: Falls Du mal statt Lesen am Abend zum Einschlafen etwas Kluges zum Hören bevorzugst ... von Pazifistin zu Pazifisten ein wertvoller Beitrag eines weisen Menschen, Corine Pelluchon über „Die Durchquerung des Unmöglichen".

23.01.24 E-Mail

Angel, mon Amour,
mein fernes nahes Weib. Mit welcher Zärtlichkeit, Feingefühl, Weisheit und auch Vorsicht Du in diese Liebe hineinfühlst.
Fast scheint es mir, als ob Du für uns beide den Pfad finden wollest, der uns an dünnen Stellen Eises vorbeileitet.
Vielleicht bleiben wir auch stehen, auf festem Grund, erforschen Gefahr und Tücke.
Ein Akrostichon. Angel, das musste ich erst mal googeln!
Aber ja, ich werde es versuchen. Kommt mit dem nächsten handschriftlichen Brief per E-Mail.
Leider hat der Laptop die kalten Nächte in Allemagne nicht unbeschadet überstanden, der muss zum Doc: display dead. Bin froh, dass alles

mit Handy funktioniert, Schreiben ist jedoch mühsam.

Gelobe auf die Handschrift zu achten!

Kreativ ist noch nicht viel passiert - nicht Nichts - denn am späteren Nachmittag sitze ich oft ohne Nutzung von Skizzenbuch, Ton oder anderen Möglichkeiten des Gestaltens, einfach am Bungalow und versinke ganz im hier und jetzt - und fühle mich dabei in keinster Weise untätig.

Nun umarme ich Dich, schau Dich an ... küsse Dich und löse mich mit einem Lächeln, einer letzten Berührung
HENRY

PS.
Mütze und Karte kamen heute an, merci beaucoup, - Du bist großartig.

Laß es Dir gut gehen, achte auf Dich, der Spagat von Gegenwart leben und Hinsehnen zu mir, zu Dir, kostet auch Kraft.

Deshalb hat es mich auch sehr gefreut zu hören, dass Du auf einem Konzert warst, mit Freunden, Wegbegleitern und Du mir dieses sehr passende Lied senden konntest - wir finden uns darin.

25.01.24 E-Mail
Hab einen wunderschönen guten Morgen, Henry!

Ich merke, Du genießt die Zeit im Gers und erlebst das "Nichtstun" am Nachmittag mit großer Fülle. Sehr schön - ... da bin ich auch auf dem Weg, jeden Tag ein

Stück mehr. Danke für die leichten Lieder. - Ja, Du hast recht mit Deiner letzten E-Mail. In meinen Worten:

Manchmal mache ich die Arbeit für andere mit, aus Neugier, was daraus entsteht, aus Ungeduld und ungefragter Hilfsbereitschaft. Ich machte ab dem 22. Lebensjahr in der Regel immer mehr als nötig und als andere.

Es kann sein, dass das zu mir gehört, weil ich den Glaubenssatz habe, dass ich mein Leben gestalten will, solange mein Leib und Geist mir dies erlaubt.

Zweiter Glaubenssatz: Ich habe mich für dieses Leben bewusst entschieden, besonders für die Liebe.

Wenn Du mich in der Zukunft mit meinen Töchtern, Enkeln, Eltern und weiteren Freunden erleben wirst und die Schule kennenlernst, die ich konzipiert und hauptverantwortlich auf den Weg gestellt habe, wirst Du verstehen, was ich damit meine.

Wenn ich was mache, dann mache ich es mit ganzer Flamme und verbrenne mich dann auch ab und an ... aber es ist eine große Tiefe darin, die ich nicht missen mag.

Bei einer Partnerschaft ist das immer anfangs herausfordernd für mich, das richtige Maß zu finden, denn es kommt zur klassischen Liebe noch der leibliche Teil dazu, der mich verletzbarer macht.

Ich will üben, Dir nur so viel zu geben, wie Du gerade annehmen kannst. Liebe soll nicht kleben. Ich mag das auch nicht ... aber die soll voll sein und spürbar ... sie soll brennen im Herzen, dass es beinahe weh tut.

Wie geht es Deinem Herzen?
Ich lasse Deine Verantwortung für Deine Liebe zu mir

114

bei Dir und vertraue darauf, dass Du mir sagst, wann ich Dein kreatives Potential mit anschieben soll. Derweil habe ich Platz, das eigene weiter zu vertiefen.

Was ist Dein Eindruck? Magst Du mal eine Zeit der Stille ohne Deine Reisebegleiterin weiterziehen? So haben wir es auch auf unserer Reise 1986 im Juli/ August gemacht. Spüre mal hin. Was ist jetzt dran? Ich kann gut mitgehen, denn dies ist Deine Zeit. Ich liebe Authentizität und Klarheit.

Ein Bild schicke ich Dir noch: Die Vision, durch die ich für mich erfasste, dass unser Weg ein gemeinsamer wird und in die Tiefe führt, habe ich nochmals nachgeschaut.

Du erinnerst Dich: Bei Deinem letzten Atemzug bin ich bei Dir und halte Dich im Arm ... wir liegen beieinander, ... unsere Gesichter sind sich ganz nah, sind ganz Licht und strahlen tiefes Glück, eine Vollständigkeit, Fülle und Dankbarkeit aus.
Du fragtest mich: „Ist mein Bart noch ROT oder ganz WEISS?"
Ich habe nachgeschaut. Dein Gesicht mit Bart war zeitlos. Du warst soooooooooooooooooooo schön. Und ich sehe keine Eindeutigkeit, ob ich noch irdisch war oder einfach schon überirdisch bei Dir. Es spielt keine Rolle, denn ich werde bei Dir sein.
Wusstest Du, dass man nie alleine weitergeht?

Falls Interesse und Raum da ist, beindruckt dieser uralte 10minütige Beitrag über Nahtoderfahrungen. Damals gab es noch die Sendung *Querdenker* ... noch mit gutem Ruf. Ein paar berührende Erfahrungen Momente sind darin von Elisabeth Kübler-Ross

verborgen.
Küsse und Grüße,
Deine manchmal auch „faule Hundefreundin",
Dein süßes Herz hüpft jetzt in den neuen Tag.
Ich liebe Dich. Angel

26.01.24 SMS

Bon soir, Monsieur!
Ich hörte von C., Du möchtest gerne mal wieder meine
Stimme hören? Ich bin am Sonntag um 14.00 Uhr an
unserer Kastanie und offen für ein Telefonat mit Dir auf
Deiner Bank zum feierlichen Moment des "in die Erde
Bringens" Deines Schildes, wenn Du dabei sein magst.
Schlaf gut. A

26.01.24 SMS

Bon matin, Mademoiselle, Du hast einen Brief,-
hab mich bemüht, aber besser Du druckst ihn
Dir aus. Vermutlich reist Du ins Fränkische.
Herzliche Grüße an die Töchter.
Pass auf Dich auf, bonne route.
Meine Liebe begleitet Dich, H.

26.01.24 E-Mail

Danke für Deine Gedanken und große Offenheit, mein
Herzensmann,

Es ist so gut, dass wir dieses Zeitfenster für uns haben,
soweit noch weg voneinander räumlich, so dass beide

Platz haben, noch das eigene Offene, in sich Ungelöste ebenso zu betrachten. Es will ans Licht und darf.

Manchmal denke ich, dass ich durch Deinen Aufbruch selber auch schon innerlich losgezogen bin, nur nicht lokal.

Mehr am Sonntag ... ich freue mich und will mutig sein beim Telefonieren. Der Platz wird mir helfen.

Heute fahre ich nach Nürnberg und morgen nach Erlangen zum Enkelhüten. Daher ist der Weg zu Deinem Platz, der auch durch Dich der meine geworden ist, gut machbar.

Ich gehe gerne einen Schritt weiter ... - vor allem für die, die ich liebe!

Habe einen herrlichen Tag, Henry

Deine A.

26.01.24 Brief

Angel, meine Liebe

Mondès ist wunderbar und fordernd, so wie Du es geschildert hattest.

Aber ich habe mittlerweile den Eindruck, dass ich gut mit abgrenzen und zulassen zurechtkomme.

Es dauerte einige Tage, aber ich finde die Balance. Mit Deiner Freundin C. verstehe ich mich gut, haben Spaß und Kurzweile miteinander. Die meiste Zeit des Tages sehen wir uns nur flüchtig, kurze Begegnungen, um Informationen auszutauschen.

Ihr Kopf quillt über von einer langen to do -

Liste, die sie täglich ergänzt.
Aber ich halte einen gewissen Abstand zu den
Projekten, mein Kopf will sich nicht
eigenverantwortlich damit beschäftigen.
Mein Arbeitsstil ist eher von einer spiralförmigen
Bewegung gezeichnet, - kreise um
verschiedene Projekte, vom einen zum
anderen, maßgeblich sind dabei Laune und
Wetter. Peu à peu kommen die Dinge voran.
Wie bei uns, ma chére.

Wir kennen uns schon lange, auch wenn wir
uns auf eine andere Art neu entdecken dürfen,
so glaube ich doch um Deinen Charakter, Dein
Wesen, Deine Tatkraft, eine Wahrnehmung zu
spüren. Dynamik im Fühlen, Denken,
Entscheiden und Erspüren, noch zusätzlich
geleitet von Intuition, spiritueller Weisheit [aber
vielleicht ist dies auch ein Teil der Intuition], sind
Dir zu eigen.
Mit meinen Worten wollte ich Dich nicht
beschneiden, warum auch, that's your way.
Ich fühle mich von Dir geliebt und liebe Dich.
Es war eine Feststellung, ein erneutes Erkennen
Deiner Wesensart, mit einem Lächeln und viel
Respekt.
Doch zwischen den Zeilen, ob nun bewusst
oder unbewusst, habe ich einen Faden
gewoben, noch transparent, einem
Spinnenfaden gleich [ich glaube eher
unbewusst], eine Grenze, nicht statischer Natur,
aber vorhanden.
Du hast sie gesehen, gespürt und mit Deiner

Liebe für mich, Deinem Respekt mir gegenüber, verarbeitet. Und ich bin mir sicher, ganz ohne Kränkung oder Zurückweisung zu spüren. Sollte ich mich täuschen, wirst Du mich berichtigen! Du hast mir geschrieben, dass Du Raum gibst und wir in unserer gegenseitigen Interaktion ein Maß finden werden, dass dem anderen entspricht. Wir werden ein feines Netz der Sensorik spinnen, Schwingungen spüren und sortieren.

Doch was ich eigentlich sagen will: Mir ist Deine Unterstützung, Deine Hilfe kein Druck, keine Einmischung, ich schrecke nicht zurück.

Lange habe ich Hilfe abgelehnt, aus mir heraus gelebt und geschöpft und bin oft genug an Grenzen gekommen. Aber so möchte ich nicht mehr.

Es ist Zeit für mich, Hilfe anzunehmen, Unterstützung anzunehmen, wenn die eigenen Kräfte nicht genügen, oder schlicht eine weitere Perspektive hilfreich scheint.

Aber das genügt nicht; - ein ganz offenes „Bitte hilf mir!" oder ein „Kannst Du mir helfen?", ist das Ziel.

Ein Ziel, welches ausformuliert, auf einer inneren Erkenntnis basiert. Kenntnis um das eigene Selbst, diese auch im Mangel zu besitzen, - und mich nackt und offen vor mir selbst und Dir - zeigen können. Wandlung. Auf dem Pilgerweg.

Sicherlich werde ich auf meinem Weg auch immer wieder in alte Muster verfallen, aber ich werde sie überwinden. Aus mir heraus und, wo erwünscht und Deinerseits gewährt, mit Hilfe.

Unterstützung und Hilfe, die auch meinerseits für

Dich zugänglich, wo sie erwünscht sind.
Angebote ohne Erwartung.
Deine SMS hat mich in der Nacht noch erreicht,
während des Schreibens.

Mittlerweile ist morgen, für meine Verhältnisse
noch früh, und ich sitze an meinem [so schnell
geht das mit dem Possessivpronomen]
Schreibtisch, Blick Richtung Osten, und beende
diesen angefangenen Brief.
Sehr gerne möchte ich mit Dir sprechen, Deine
Stimme hören und eine unmittelbare Gegenwart
mit Dir spüren.

Freut mich sehr, dies am Wetterkreuz zu tun, unter
Deiner/ unserer Kastanie.
Auch wenn ich Deinen Anfahrtsweg etwas weit
finde; aber es ist nun mal ein guter kraftvoller Ort,
trotz Umgebungsgeräuschen wohnt ihm eine
große Stille inne. Und Du hast eine Mission, die
mich berührt.

Freue mich auf unser Date, Angel. Sehr!
Es gibt noch viel zu erzählen und zu berichten,-
manches wird in unserem Telefonat befördert
werden, das eine oder andere notiere ich noch
hier.
Unsere Körperlichkeit, unser körperliches
Miteinander, die Schranken, die wir erfahren
haben, sind nicht vergessen. Fühle und denke
mich auch immer wieder in unsere nackte
Körperlichkeit hinein.
Zum einen mit Bedauern: „Der Wunsch, mich mit
Dir auf dieser Ebene zu vereinigen ist da, möchte
erfahren werden. Ich möchte Dich um mich

herum spüren und wünsch mir, dass Du mich bei und in Dir spürst. Möchte Deine Lust, Dein Begehren, unser Loslassen, Dein Feuerwerk sehen. Möchte mich verströmen, Dich betrachten und Dich betrachten, wie Du mich betrachtest."

Aber zum anderen: „Alles fügt sich, wir wissen noch nicht wie, aber auch dies ist eine Reise aufeinander zu. Vielleicht steht auch ganz anderes an. Wir werden dies erfahren." So schwindet das Bedauern, es verbleibt eine schwingende Zuversicht.

Heute hat mein ältester Sohn Geburtstag, er wird 29. [eine Primzahl]
Werde gleich mit ihm telefonieren.
Wahrscheinlich fährt er heute mehr oder weniger bei Dir vorbei auf dem Weg in die Berge, um mit Freunden zu snowboarden und eine gute Zeit zu verbringen. Es ist ein schönes Gefühl, Kinder, Menschen auf die Reise geschickt zu haben.
Jetzt kommt nur noch das Akrostichon. Nun, ich weiß nicht, ob ich dies richtig gemacht habe. Auf jeden Fall habe ich den leichteren Weg gewählt, indem ich erst die Botschaft schrieb, dann die Zeilen. Andersherum, erst die Zeilen, Verse, aus denen sich die Botschaft formuliert, scheint mir ein Quantensprung.
Da müsste der Pilger zum Medium werden, aus völliger Versenkung Worte erfahren. Der Mönch trifft mit geschlossenen Augen ins Ziel.

Also hier die für mich leichtere Variante:

W esen verändern sich
A nfänge verzaubern
N ähe wird gespürt und gegeben
D as DU gesellt sich zum Selbst
L iebe ...
U nd
N ächte ohne Trennung, in
G eborgenheit verbracht

A engste vergehen
U nsicherheit schwindet
F rei für ein WIR

D ankbarkeit fürs Empfundene
I nnigkeit
C harakter befördert
H offnung,

Z uversicht
U m UNS

In Liebe, HENRY

PS. Wünsche Dir einen wunderbaren Start in Dein
Wochenende, Eine schöne Vorstellung: Drehe
mich vom Schreibtisch weg und lege mich zurück
zu Dir ins warme Bett.

27.01.24 SMS

Bonjour, mon ami, Du hast wichtige Post im E-Mail-Postfach. Fühl dich geliebt und wachgeküsst. A.

27.01.24 E-Mail

Mein mutiger und unfassbar starker Poet,

Meine jüngsten Enkel schlafen mittlerweile tief und fest, während meine Zweitgeborene und ihr Mann auf einem Konzert von FATONI sind.
Einige Tränen sind bei den beiden Kleinen in der ersten Phase des Abschieds von den wunderbaren Eltern geflossen, bis sie sich erinnerten, dass wir das gut zusammen können und aus dem gleichen Blut sind. Das braucht bei mir und ihnen immer wieder mal einen Moment und dann ist wieder alles gut.
Wenn sie dann eingeschlafen sind, betrachte ich sie in Ruhe und fühle mich sehr beschenkt. So wunderschöne Menschenkinder. Es ist schön, ihrem Atem zu lauschen und ihre Zartheit zu betrachten.
Ich hoffe, Du hattest ein schönes Telefonat mit Deinem Ältesten. Es gilt auch immer, den geduldigen und liebenden Eltern zu gratulieren zur kostbaren Lebensbegleitung!
Ein Wassermann also. LUFTZEICHEN wie ich.
Unbeschwerte Anteile im Paket. Gut so.

Dein neuer Brief war digital gut lesbar. Ich werde Dir mal zeigen, wie man die Fotos bearbeitet, damit die Qualität steigt.

Wenn Dein Schild am Sonntag am Wetterkreuz verankert ist, ist meine erste Mission erfüllt.

Das nächste Henry-Projekt bleibt noch geheim. Es wird erst Ende des Jahres fertig sein und ich bin gespannt, wie es Dir gefällt.

Nun erlaubst Du mir also tatsächlich, Dich auf DEINER Reise zu begleiten?! Irgendein Teil in mir hat das noch nicht ganz glauben wollen. Jetzt ist es bei mir angekommen.

Wie schön für Dich und mich!!! Vielen Dank für Dein Vertrauen.

Dein Akrostichon ist pure ACHTSAMKEIT und LIEBE zugleich und ich freue mich über Deine spürbare Verbindlichkeit zu uns hin darin.

Dann wage ich also, Dich beim Wort zu nehmen und bitte Dich hiermit, Dich auf zwei weitere Aufgaben einzulassen.

Wage BEIDE:

Aufgabe 1: für morgen

ist das noch offene Akrostichon über Dich selber. Mache es mit Deinem Vor- und Nachnamen. Benenne DEIN kreatives Potential, das JETZT über und evtl. auch durch unsere Liebe hinaus in die Welt wachsen darf. Koche morgen für Sonntagabend vor.

Aufgabe 2: GENIESSE DEINE/UNSERE Wilde und mache was Verrücktes!

Tanke den Namenlosen voll und mache am Sonntag ALLEINE einen Tagesausflug zu den Dünen nach Pilat.

Fahrtzeit einfach: ca. 2.30 Stunden
Abfahrt spätestens um 10.00 Uhr
Mache wie immer drei Fotos und schreibe über das
Erlebte. Nimm mich in Gedanken mit.
Ich sitze direkt neben Dir.
Telefoniere von dort aus mit mir.
Das Wetter ist gut gemeldet, wenn auch mit etwas
Wolken.
Nimm Dein Skizzenbuch mit. Zeichne mindestens eine
Skizze und nimm uns ein Gläschen Sand mit. Das
können wir für unser erstes gemeinsames Kunstwerk
brauchen.
Nimm auch Deine Badehose und Handtuch mit und
hüpfe ins Meer, auch wenn nur kurz.
Trinke, wenn noch Zeit ist, einen Kaffee oder ein Bier in
Arcachon.
Komm wieder gut zurück nach Mondès.

Ich freue mich am Sonntag auf das Meeresrauschen im
Hintergrund, wenn wir einander hören.
Ich umarme Dich zärtlich und halte Dich,
ton amie, ta femme, qui t'aime, Angelique

27.01.24 SMS

Bonjour madame, mon general.

Haha, wie war das mit dem kleinen Finger?
Bin heute ganz schön busy, also mal schauen
mit dem Akrostichon - bin aber schon
gespannt, was da herauskommt,- als ob ich es
nicht selber schreiben würde.

Meer geht klar, ob es die Dünen von Arcachon
werden, ist auch von den hiesigen
Bauernaufständen abhängig. 16. Jhd. läßt
grüßen. Waren wir dort 1986 gemeinsam vor Portugal??
- oder kam ich von dort nach Bordeaux.
Ich weiß es nicht mehr, glaube aber, dass wir
von Bordeaux direkt nach Portugal gereist sind.
Bier und Skizze, Yes.
Im Januar an der Küste Frankreichs in den
Atlantik zu springen ist nicht verrückt, Angel?!

27.01.24 SMS

Soso Fatoni.
Hast Du Zeit am 24.04., bzw. 25. Urlaub?
Am 25. gibt's noch Karten für MINE in
München. H.

27.01.24 SMS

Nichts General, - wir spielen, lassen uns führen und
schauen, wo es uns hinführt. Keine Bauernaufstände
gesichtet ... nicht Mimizan ... 20 Minuten mehr oder
weniger tun nichts zur Sache ... wage es, denn es ist viel
schöner in den Dünen von Pilat. Ich war dort mit Tina
zu Fuß von Arcachon mit fettem Rucksack. Anderen
Sand will ich nicht. Du wirst es schaffen. Vertraue und
überlege Dir ein paar Aufgaben für den Sonntag darauf
für mich. Kopf aus. Herz an. Loslassen.

PS: Und, ja, Konzerte sind toll, vor allem mit Dir, aber lieber will ich mit Dir unterwegs sein im Bus, ob Namenloser oder Wofli, das entscheide gerne Du. Deine Angel

28.01.24 SMS

Guten Morgen, Liebster, ich wünsche Dir eine entspannte Fahrt zum Meer und freue mich, dass unseren Worten auch Taten folgen. Ich fahre noch auf ein Handballspiel meines Enkels u. von dort zum Wetterkreuz. K&h, A.

28.01.24 SMS

Mon amour, bin in Arcachon.
Und fahre nun zu den Dünen. Bierchen war noch nicht dran, aber etwas Verrücktes. Etwas, was mich mehr Überwindung kostete, denn kaltes Wasser. Siehe E-Mail-Anhang von HEUTE Freu mich auf Dich, Kuss Henry

28.01.24 SMS

Wie schön, 12 Grad Wassertemperatur ist hart, aber einmal abtauchen schaffst Du ...- das danach ist soooo genial. Ich war letztes Jahr im März dort.
Bin kurz vor Tauberbischofsheim und hol mir noch einen Kaffee vor der Buddelaktion. Ich freu mich auch.
Du bist großartig! A.

28.01.24 SMS

Nach unserem Telefonat einmal untertauchen,
10 m schwimmen. Atlantiksalz auf den Lippen.
Geil wars, gefühlt nicht so kalt wie erwartet.
Danke Dir fürs Motivieren.
Kiss and hugs wie gute Fahrt, H.

28.01.24 SMS

Wow! Ich feire Dich mit!
Eine Lesung also auf der Promenade von Arcachon war
Deine Aktion? Meine Hochachtung. Genieße den
Nachklang und fühle Dich geliebt. Bin hinter Nürnberg
gemütlich unterwegs zu meinem aktuellen Zuhause, -
neben dem Zuhause sein bei Dir. Danke für unser
erfüllendes Telefonat, Deine Angel

29.01.24 E-Mail

Bon matin, chèr ami,

Frappe-toi, mon maître, tu es bien rentrée à Mondès?
Nous devons vérifier si tu veux puiser dans ton
potentiel ou si tu veux "seulement" vivre l'amour pour
moi et toi.

Es war schön, am Sonntag mit Dir zu sein.
Darüber haben wir nicht mehr gesprochen: Du willst
Hilfe? - Wobei genau?
Ich kann begleiten, habe jedoch keinen klaren
Arbeitsauftrag von Dir.

Sind Deine schriftlichen Gedanken in eine Zukunft gedacht oder ist jetzt schon durch mich eine wirkkräftige Begleitung hinsichtlich Deiner Kreativität angedacht, die jahrzehntelang wenig Raum bekam? Stimmt das überhaupt? Oder willst Du zu einem ganz anderen Thema Hilfe erbitten.

Sitze weiter interessiert wartend auf Dein persönliches Akrostichon und Deine ersten Skizzen ...

Mein Akrostichon für Dich hier anbei. Mir hat es immer wieder mal geholfen, es neu zu kreieren, um in mich einzutauchen, um Schätze zu finden, die noch im Verborgenen liegen.

Doch, ja, ...ich übe auch täglich ein- und ausatmen und meditiere meinen und unser aller letzten Atemzug, dass er sich friedlich und gelassen anfühlen möge.

Zudem übe ich, jeden Menschen und jede Situation zu lieben und will daran wachsen.

Dazwischen ist aber noch viel Zeit zum Gestalten und diesen Raum liebe ich sehr, vor allem jetzt, wenn er nicht mehr dem Größeren dienen muss, sondern ich mich alleine erst einmal daran erfreue.

Wachstum also des Selbstzwecks wegen, wie Spielen.

Ich lasse mal meinen Gedanken freien Lauf und Du sagst mir, wenn Dir etwas ungut aufstößt. Alles Gedachte möge Dir dienen:

Ich vermute, Du zogst Richtung Mondès auch zur Überprüfung, ob Deine kreativen Ideen es wirklich bringen, wie es unser Freund Nino so schön sagt. Lag ich da falsch?

Manchmal neigt Mondès zum Zubequemwerden. Es "urlaubt" sich sehr gerne auch neben den

Pflichtaufgaben rund ums Haus und Versorgung. Ich meine, ich schrieb es Dir schon.

Aber das ist meine Einschätzung. Ich bin anders verschieden als Du. Ich könnte nicht länger als 14 Tage dortbleiben.

Du bist geduldiger .... - manchmal auch bequemer?

Das ist okay, hat aber eine Wirkkraft auf die Ergebnisse?!

Du sagst mir, was Du hier von mir willst und nicht willst.

Das ist dann der gemeinsame Weg.

Bin gestern zum Happinger See geradelt und eingetaucht. Herrlich.

Saß im Anschluss unter "unserer Eiche" und sammelte Sonnenstrahlen. Was für ein Genuss, sich erinnernd, dass ich tags zuvor an Deinem Platz saß, der auch meiner ist, nur einige hundert Kilometer entfernt.

Ich küsse Dich, Deine Antreiberin,- Dein Dich liebender Angebots-Coach,- kurz gesagt: ich

30.01.24 E-Mail

Ah, mon general, Angelique

Bon soir, werte teure und geliebte Freundin,
Une recrue besoin d'ordres clairs, c'est vrai. Il y a des resultats, mais aussi des point en suspense.
Pardonnez-moi, mon General, mail il y'a une affaire d'amour aussi.
Ich schicke Dir das Akrostichon, zum Vergleich.

Hab Deines noch nicht verglichen mit meinem.
Mache ich heute Abend in aller Ruhe. Dachte,
Du schickst mir eines mit Deinem Namen, das
holen wir nach. Weiterhin Skizzen und
Reiseberichte. Interessant empfinde ich nur
den von So, die Mondèstage sind
zusammengefasst.

Applaus applaus - Du warst tatsächlich im See.
Ich feiere Dich, Respekt für Mut und
Überwindung.
Mit Sicherheit kälter als der Atlantik, aber
begleitet von einem Megahochgefühl.
Antworten auf Deinen Brief, auf Fragen und
Fragezeichen kommen die nächsten Tage.
Was macht Dein Leben in Kolbermoor?
Wenn ich zusammenfasse, was ich von Dir
höre,
bist Du gut im Leben und das Leben ist gut zu
Dir.
Fühl Dich umarmt und geküsst und habe einen
wunderbaren Abend, H.

Ende Januar gesammelt
Reisetage 10 - 13 per E-Mail

Mi 24.01. Tag 10
Ein weiterer Tag auf. Mondès.
Arbeiten, Schreiben, Sanieren, Ideen notieren.
Bei 17° und Sonnenschein den Nachmittag
genießen, der Übergang in den Abend erfolgt

fließend bei Apero und lecker Abendessen.
Ein ganz normaler Tag, nichts Besonderes, aber
eindeutig auf der Habenseite.

Do 25.01. Tag 11
Markttag in Eauze.
Traumwetter und Bauernaufstand, der uns aber
nur peripher betrifft.
Einkaufen auf dem Markt, beim Boucher Leclerc.
Am Nachmittag biken. No work today.
Gemeinsames Kochen.
Die Mondès-Aufschriebe werden kürzer. Auch
Fotos werden weniger, da ich zunehmend mit
der digitalen Kamera fotografiere.
Intensiven Kontakt mit Angel.

Fr 26.01. Tag 12
mein erstgeborener Sohn hat Geburtstag.
Ein Ständchen mit C.
Nachmittags noch Baumaterial eingekauft in
verschiedenen Baumärkten.
War allein unterwegs, schnell und erfolgreich.
Übersetzungsapp hilft, die Bevölkerung ist
entgegenkommend und zunehmend mit
Englischkenntnissen versehen.
Einen unruhigen Abend verbracht.

Sa 27.01. Tag 13
Mondès mondès mondès
Gipskartonplatten an Decke montiert.

Nachmittagspause versäumt.
Libanesische Blätterteigvorspeise zubereitet.
Hauptgang Bratkartoffel, Salat und ein mit Speck
ummanteltes Medaillon, ein Tornedo.
Seit fast 3 Wochen erstmals Fleisch.
Für das morgige Telefondate mit Angel noch
einige Vorbereitungen getroffen.
Es geht zur Dune de Pilat am Atlantik. Spannend

So 28.01. Tag 14
Reisevorbereitungen. Heute ist Treffen mit Angel
auf der Dune de Pilat angesagt.
Hab mich erst geziert, mich dann aber mit
ganzem Herzen darauf eingelassen. Ah, ein
Telefondate.
Dies ist schon viel gemeinsame Gegenwart für
uns, ein Realdate wäre unbeschreiblich.
Ein Spiel. Angel fährt ans Wetterkreuz, ich zu den
Dünen.
Sie stellt das von ihr gefertigte Eichenschild auf
(sehr schön geworden) - etwas crazy ist sie schon
- passt ja - ich sammle Sand, zeichne, schreibe
ein Akrostichon, springe in den Atlantik und
mache etwas Verrücktes.
Das date um 14h, fahre um 9.30h los, sie ist
ebenfalls im Plan laut SMS!
2,5h Route national, unterwegs eine Boulangerie,
Gedanken zum Tag und Tun.
Müdigkeit und Hochgefühl vermengen sich zu
einem leicht nebulösen Bewusstseinszustand,
getragen vom brummenden Diesel des
Namenlosen.

Eine Lesung will ich halten, dachte zuerst an Bordeaux, wegen der gemeinsamen Geschichte, habe mich dann aber mit Arcachon angefreundet. Fußgängerzone oder ähnlich. Eine Flugplatzreklame für Tandemfallschirmsprung hat mich kurz zum Schwanken gebracht, aber nein heute kommt öffentliche Lesung an die Reihe.

Puls steigt, muss mich überwinden.

Ein freier Parkplatz an der Promenade ist mir Fingerzeig:

Stuhl raus, Schild schreiben, Sakko an, Buch mitnehmen, los gehts auf die bevölkerte Promenade! Mache ich das wirklich? Bin ja schon "etwas" öffentlichkeitsscheu.

Durchatmen, lesen. Nach den ersten Zeilen bin ich angekommen, genieße die Situation, die verwunderten, irritierten Blicke der Promenadenbesucher sind Beiwerk.

Zeit vergeht, unser date rückt näher, packe zusammen, und fahre zu den Dünen.

Hochstapfen!

Beeindruckend, hatte ich so gar nicht mehr in Erinnerung.

Auf dem Kamm weht ein kräftiger Wind, der die feinen Sandkörner vor sich hertreibt. Man spürt sie auf Haut und im Gesicht - sehr lebendig. Ein unglaublich schöner Anblick bietet sich mir: Der Atlantik und vorliegende Sandbänke am Fuße der Düne.

Abstieg. Telefonklingeln,14 h! ANGEL.

Mache es mir in einer Sandkuhle gemütlich und höre ihre Stimme.

Wir telefonieren fast eine Stunde.

Unsere Befangenheit, wenn vorhanden,
verschwindet - vielleicht noch ein Hauch spürbar.
Nähe, Freude am Miteinander, Reden, Lachen,
Leichtigkeit mit kurzen Ausflügen in die Tiefe. Es ist
Verbundenheit, Zugewandtheit, Liebe spürbar.
Wir freuen uns aufs nächste Mal, auf mehr, ein
mehr an Uns.
Ein langer Spaziergang, umziehen, überwinden
und rein in den Atlantik. Nicht so kalt wie
befürchtet, untertauchen ein paar Züge
schwimmen und von Wind und Sonne trocknen
lassen. Genial!
Noch etwas chillen am Strand, dann der Aufstieg
über die Düne.
Entscheide mich für die Rückfahrt nach Mondès,
der Junge kommt heim. Wow, was für ein Tag.
Den Göttern, dem Universum möge gedankt sein.
Merci ANGEL

03.02.24 E-Mail

Hey, schöner Mann meines Herzens,

Nun bin ich mal abgetaucht zu meinen Wurzeln und dachte
mir, wenn es brennt, wirst Du mir eine SMS senden.
Danke Dir für Deine Mails, fürs Teilen Deiner Gedanken,
Gefühle, Skizzen, Deiner Fotos, Deines Akrostichons, -
Deinen zweiten Vornamen hatte ich vergessen, - verzeih.
Ich habe bei Deinem Akrostichon viele Parallelen zu dem
von mir erstellten über Dich gefunden. Nutzte es Dir?
Wir müssen für mich keines machen. Vielleicht zu anderer
Zeit mal.

Ich habe für mich vor wenigen Tagen eine Mindmap gemacht, welches Potential ich nach Griechenland mitnehme. Das teile ich gerne mit Dir. Es steht einiges noch nicht darauf, weil es sich dann dort zeigen wird. Ich muss mir nicht mehr den Kopf zerbrechen.

Die letzten Tage vergingen wie im Flug. Zwei Freundinnen mehr wissen nun auch, dass Du klar in meinem Herzen schwingst. Sie freuen sich. Ich übte, Dich die letzten Tage ganz freizulassen und mich unabhängig zu fühlen.

Wenn man sich so nahgekommen ist, wie wir uns waren, finde ich es herausfordernd, die erlebte Nähe sogleich wieder freizulassen und zu transformieren, wenn man sich mehr Zeit miteinander wünschte und doch weiß, dass alles gut so ist wie es ist. Klingt komisch.

Ich nehme wahr, dass wir eine andere Geschwindigkeit haben und ich lerne, mir selbst mehr Raum zu geben für meine kreativen Aufgaben und Träume, weil ich nicht auf Antworten von Dir warten will.

Die letzten Tage waren deshalb eine große innere Arbeit. Ich habe die Arbeit erfolgreich bewältigt und bin gestärkt daraus hervorgehangen.

Es war eine der schönsten Arbeitswochen hier. Nur Frieden in und um mich.

Ich mache dort nun viele andere Sachen als früher,- zum Beispiel Kinder und Kollegen mit innerem Wellen behandeln, mit Kollegen tratschen und sie trösten. Coaching und Aufstellungsarbeiten für Kollegen und Eltern. Die Menschen mögen noch Zeit mit mir tanken, bevor ich gehe. Ich muss mich nicht darum bemühen, - sie kommen von sich aus. Dazwischen arbeite ich ein wenig.

Nach dem Montag, am Dienstag und am Mittwoch das Eisbaden genussvoll fröstelnd wiederholt, einmal davon mit einer guten Freundin. Sie hat es auch gefeiert.

Der Entschluss steht: An jedem sonnigen Tag, wenn Zeit ist, wird von mir nun ein See, Fluss oder Meer beschwommen. Mal länger mal kürzer. Egal, wie kalt, wenn ich gesund bin.

Heute hatte ich nachmittags zwei systemische Aufstellungen, eine davon war meine eigene. Eine Freundin habe ich um Assistenz gebeten. Anschließend waren wir griechisch Essen und Tanzen. Die Aufstellung hat etwas in mir leichter gemacht.

Ich fand, dass nun ein Glas Retsina, ausgegeben von meiner jüngsten Tochter und ein Ouzo vom reizenden Gastwirt, nicht abzulehnen sind und habe mein Dogma, erst im März wieder Alkohol zu trinken, kurzerhand aufgehoben. Dann noch einige griechische Tänzchen mit ein paar FreundInnen. Ein schöner Ausklang.
Ich hoffte anfangs noch auf einen Sonntagsauftrag von Dir, aber nun soll es wohl nicht sein und es warten andere Aufgaben auf mich.

Die Mutter meines verstorbenen Mannes liegt seit letztem Sonntag mit einer Lungenentzündung auf der Intensivstation in Heidelberg.
Ich bin das Wochenende also wieder unterwegs, fahr morgen früh zuerst zum Grab meiner Großeltern und Onkel nach Leonberg (seit meiner Kindheit mein ältester

137

Besinnungsplatz) und dann zu ihr. Ich werde sehen, ob ich gebraucht werde.

Wenn nicht, fahre ich am Sonntagmittag nach Besuch von Tante und Schwiegermutter für eine Nacht nach Gießen zu meiner Schwester. Dann am Montag wieder nachhause.

Deine Skizze für eine Skulptur, ich finde erst einmal liegend, sehr gelungen, irgendwie non-binär und damit so passend zu unserer Zeit.
Kennst Du Kim de l'Horizon und sein Buch DIE BLUTBUCHE?

Die 2. Skizze ist auch herrlich, bedarf aber einer Erklärung.
Du hast aus dem Zimmer von C.s Mutter wieder einen schönen Raum gemacht. Er hat sich sehr schwer angefühlt.
Nun nehme ich keine Schwere mehr darin wahr. Danke Dir.

Von welcher Firma ist Dein Akkuschrauber? Keine Makita und Einhell,- Bosch vielleicht?

Ich segne unsere Liebe jeden Morgen, HENRY, und schaue dabei unser schönes Foto an. Wir strahlen so tief glücklich.
Ich hoffe, Du hast den Fotoabzug mit der Post erhalten.
Ansonsten singe ich viel, habe endlich mal wieder die Gitarre in die Hand genommen und bewege mich leichtfüßig, dankbar wie glücklich durch mein Leben und habe beschlossen, meinen leichter gewordenen Körper so zu lieben, wie er jetzt ist.
Ich will jetzt leicht bleiben, auch wenn das den Preis hat, dass nicht mehr alles so ganz weiblich rund ist.
Wenn der Mann, der behauptet mich zu lieben, mich wirklich liebt, wird er die Vollkommenheit darin entdecken, so wie ich sie bei ihm sehen und spüren kann.

Wollen wir am Sonntag wieder telefonieren gegen 14.00 Uhr?
Ich freue mich, dass Du mich liebst und ich Dich lieben darf.

Schlaf gut, Henry,
Deine Angel

03.02.24 E-Mail

Mon amour
Musst Dich wieder durch meine Handschrift kämpfen. Anbei ein Brief.
Wünsche Dir einen schönen Samstag im Ländle.
Bis morgen
Küsse Dich, H.

03.02.24 Brief via E-Mail versendet

Bonjour, Angel, geliebte Frau, geliebtes Weib, mein Mensch,

vor drei Wochen bin ich am Nachmittag bei Dir aufgetaucht; damit hat meine und gleichzeitig unsere Reise begonnen. Vor 5 Tagen hatten wir unser DATE am Atlantik. Erst 5 Tage, erst 3 Wochen. Ich sage erst, denn ich habe den Eindruck, dass sehr vieles passiert ist in dieser Zeit.
Im Grunde erstaunlich, dass ich wahrnehme, als ob ich bereits einen wesentlich längeren

Zeitraum unterwegs wäre.
Unser intensives Wochenende, - die Tage, die
wir gemeinsam verbringen durften, war
natürlich ein Ereignis, hat ein
Alleinstellungsmerkmal, dessen Nachhall uns
immer gegenwärtig ist, - dessen vergangene
Gegenwärtigkeit noch immer in mir nachhallt.
Der Rest der Zeit ist nicht geprägt von großen
Ereignissen, nehmen wir unseren
Sonntagsausflug aus, es ist eher ein
Gleichklang. Vielleicht denkst Du Dir, dass da
außer Mondès nicht viel passiert, dass da mehr
passieren könnte.
Höre ich in mich hinein, vernehme ich meist
eine Stimme, die von einer Bewegung spricht,
von Veränderung in mir. Natürlich spricht auch
immer eine andere Stimme, die widerspricht
und kleinredet, doch diese wird leiser, vielleicht
verstummt sie auch irgendwann. Ah ja, nähere
mich den Antworten auf Deinen Brief, soweit
ich dies denn in Worte fassen kann, so klar,
dass sie ausformuliert noch der empfundenen
Wahrhaftigkeit gerecht werden.
Aber nun schweife ich nochmals ab zu Dir.
Du bist mir hier sehr nahe, begegnest mir an
vielen Orten, Räumen. Die Fotos, die gestern
ankamen, liegen auf dem großen Tisch in der
Wohnküche;- manchmal, im Vorbeigehen
halte ich inne, betrachte uns, gebe der
lächelnden Angel einen Kuss;
in meinem Zimmer sind Briefe von Dir und mir,
Deine Collage schmückt das Zimmer ...- Du bist
in jeder Stunde bei mir: Manchmal schicke ich

Dir Botschaften, rede in Gedanken mit Dir, als ob Du sie empfangen könntest.

Nach meinen Atemübungen heute früh, war ich bei Dir in der Arbeit,- Du warst im Gespräch und ich sagte einfach zu Dir: „Halte einen Moment inne, ich bin da, spüre unsere Verbundenheit." Du lächelst. Eine Fiktion, und dennoch kann ich mir vorstellen, dass Du in der Lage bist, etwas zu empfangen.

Wie auch immer, ich sende einfach weiter. Habe Deine E-Mail mittlerweile erhalten. Verzeih, wenn ich Dich habe warten lassen; aber tatsächlich befinden wir uns gerade in verschiedenen Zeitzonen, in der ein Jeder in einer anderen Geschwindigkeit agiert, was die Liebe nicht kleiner macht.

So, Thema HILFE. Ich habe Dir diesbezüglich geschrieben, aber natürlich sind in meiner großmaschigen Formulierung viele Leerstellen, viel Raum für Fragen und es lohnt sich, da genauer hinzuschauen, mit einem sezierenden pathologischen Blick. Sowohl für Dich, die Du mich begleiten und unterstützen möchtest, als auch für mich, um zu sehen, wie ich zu diesem Thema im Detail spüre, denke, erkenne.

Es gibt verschiedene Gründe, die mich zu dieser Reise bewegten. Zum einen, der beruflichen Tätigkeit entsagen, dies auf den Prüfstand zu stellen, und einen Abstand dazu zu erlangen. Folge dieses Abstands ist Zeit und Raum, um aus Alltag und Gewohnheiten auszutreten; Distanz schaffen.

Zu allem, was bindet. In einem der vielen

Briefe, der Gedanken, die wir geteilt haben, schrieb ich, dass mir etwas fehlt, dass ich noch nicht GANZ bin.

Ein Stück Seele oder eine Art Feinstoff, Energie, die die verschiedensten Teile meines Wesens verbindet, vernetzt (Gedanken, Herz, Geist, Intuition, ...), versöhnt und heil werden lässt. [Darüber schreiben lässt mich ganz eng werden in der Brust, schmerzt.] Und ja, die Kunst oder bescheidener, kreativer Schaffens- und Gestaltungsprozess, den ich viele Jahre brachliegen ließ, spielt natürlich eine Rolle.

Mission ist schon, ob da noch Fähigkeiten und Leidenschaft vorhanden ist. Gibt es da noch Potential?

Und ist dies das Etwas, was mir fehlt?

Mein Gedanke, Zeit zu haben, fernab des alltäglichen Aktionismusses, Zeit zu vertrödeln, Langeweile zu empfinden und auszuhalten mit sich selbst, ohne durch Tun, aus therapeutischer Langeweile auszubrechen, bis sich Muße zeigt, einstellt.

Muße, ein vages Wort, unter dem wohl jeder etwas anderes versteht.

Für mich, glaube ich: „ein nachhaltiges, erfüllendes, kreatives Nichtstun",- welches in echtem, authentischem Handeln mündet, münden kann.

Die therapeutische Langeweile hat sich bislang noch wenig gezeigt. Muße durchaus. Aber stellt sich die Frage: Macht der Schaffensprozess,- das Zusammenspiel von

Idee, Geist und Ausführung – den Menschen in Gänze? – oder muss der Mensch erst in sich komplett sein, um aus sich heraus schöpfen zu können?*

Es ist meinen Vorstellungen von meinem Selbst geschuldet, zu glauben, da fehle etwas, gleich einem Puzzlestück, welches gefunden werden muss, hier in der Fremde. In dieser Vorstellung bin ich dann heil, um zu schaffen, und heil, um zu lieben, als Ganzes, als ein Partner für Dich. In dem Du ein Zuhause findest, so wie ich bei Dir. Ohne sich zu verlieren, aber doch sich aneinander entwickeln zu können, ein Ort der Resonanz füreinander zu sein.

Die letzten Wochen, Monate haben jedoch schon etwas verändert, eine Entwicklung zu mir hin, die sich hier aus Gleichklang, unbewerteter Monotonie und Muße verfestigt. Es ist schlicht die Erkenntnis um mein Selbst: „Was da ist, ist da und was da nicht da ist, ist nicht da."

In dieser Erkenntnis finde ich die Ruhe, den obigen Gedankenzirkus* um „das Huhn und das Ei" zu beenden. Keine bequeme Wahrheit, denn ich kann nicht so ganz genau sehen, was alles da ist; es gilt auch hier, zu entwickeln und Barrikaden abzubauen, hinzuschauen, sei es nun Fülle, Wildnis, Kargheit oder Leere. Es ist letztlich ein Prozess, der ein ganzes Leben andauert. Was aber wirkt ist nun Versöhnung, Akzeptanz. Aber ich schweife ab, denn Thematik war HILFE.

Meine Beschreibung von einer Bitte nach

Deiner Hilfe war in die Zukunft gerichtet. Bezog sich auf eine interne Entwicklung, eine innere Erkenntnis um das Selbst, die ersieht, wo Hilfe notwendig und erwünscht ist und dies auch äußern kann. Zu lernen, Bittsteller zu sein, Schwäche zu zeigen, ohne sich schwach zu fühlen.

Aber zurück in die Gegenwart und einen kleinen Schritt heraus aus der Tiefe. Für ein Miteinander, eine gelingende, sich entwickelnde, beständige Liebesbeziehung, ist das mitgebrachte Potential nur dann wirkkräftig, wenn es von Fiktion und Möglichkeit transformiert zu Handeln und Erleben. Letztlich findet wohl erst dann ein Prozess des gemeinsamen und aneinander Wachsens statt. Ich bin auf dem Weg, es passiert. Aber ich habe Dein Haus betreten, in dem Fordern und Fördern Bestandteil sind; es wäre kurzsichtig und kleinmütig, Deine Unterstützung auszuschließen. In meinem nicht linearen System werde ich sie annehmen, wo Du sie anbietest, in Offenheit wie O und Glaube wie G.

Aus Eigensinn und Eigenheit wie E werden Wählen und Wandeln. *[Die Akrostichons haben einige Überschneidungen offenbart.]*
Jetzt habe ich so viel über mich geschrieben, so dass ich hoffe, dass Dich mein Geschwätz nicht belästigt. Auf jeden Fall ist jetzt wieder Zeit zu handeln.
Deine E-Mail von gestern hat mich sehr gefreut:

144

Es macht mich glücklich zu sehen, dass Du so erfüllte Tage erlebst und genießt, dass Du Anteil von so vielem bist und von so vielen geliebt wirst.

Die letzten Tage waren hier immer neblig verhangen, doch mit dem nächsten Sonnenschein werde ich den See mal antesten, einmal druchkraulen und an die leichte Angel denken, die dann vielleicht auch in irgendeinem kalten Gewässer sich gerade lebendig fühlt.

Küsse und liebe Dich
Henry
PS: Telefonieren, 14h: YES, sehr gerne!

03.02.24 E-Mail

Bonjour, mon ami,
Merci beaucoup pour ta magnifique lettre ouverte. J'ai tout compris et je te sens souvent, pas seulement à l'école et je souris alors largement.... Une grande joie m'envahit quand je pense à notre conversation téléphonique de demain.
Tu es merveilleuse. Tu appelles demain?

Avec amour, ton Angelique

PS. mit Hilfestellung vom Deepl Translator...- früher war mein Französisch besser.
PS 2: Ich habe ein Smiley in Deinem Brief gefunden.
PS 3: noch offen: Hersteller Deines Akkuschraubers, der auf dem Kamin stand.
PS 4: noch etwas. Du bist noch auf der Suche nach dem

letzten Puzzleteil, das Dich vollständig macht. Du wirst es bei mir/ mit mir finden.

Es ist der Schritt zur bedingungslosen Liebe und völligen Hingabe, der Mut, sich ganz nackt zu machen und zu vertrauen. Ein Teil von Dir weiß das schon, Du schreibst letztlich darüber schon in großer Klarheit. Deshalb hat Deine Seele mich jetzt zu Dir gerufen. Ich küsse Dich liebevoll, Deine Angel

PS 5: Ich habe unsere Liederliste bei Spotify weiter gebaut. Mag sein, immer wieder auch kitschig, aber immer mit vollem Herzen. Wenn Du magst, höre weiter rein.

PS 6. ENTLERNEN: Das ist wichtig: Deine Gedanken und Worte in Deinen Briefen sind immer von Klugheit und Reflexion geprägt. Das Wort GESCHWÄTZ wurde heute daher in Abstimmung mit Deinem Dich liebenden General aus dem gemeinsamen Wortschatz gelöscht, Dein Einverständnis vorausgesetzt. ANGELIQUE

04.02.24 SMS

Bon matin, ich freue mich sehr auf Dich heute.

Geht bei Dir auch 15.00 Uhr? Dann kann ich noch ein wenig länger bei meiner Schwiegermutter am Bett sitzen, die irdisch gerade im Krankenhaus sehr allein ist. Kannst Du in der Zeit oder früher einen Künstlernamen für Dich finden? A.

04.02.24 SMS

Dito und guten Morgen,

Werde mit dem Rad unterwegs sein und über
einen Namen, sowie den Sinn, den Du darin
siehst, nachdenken.
15h passt gut, ist vielleicht auch die Sonne
durch den Nebel.
Suche Dir ein schönes Plätzchen, mache ich
auch.
A bientôt, H.

05.02.24 E-Mail

Bin gut unterwegs.
Die Tauber war herrlich erfrischend. Ein paar
Schwimmzüge waren möglich. Da kannst Du also im
März gut abtauchen ... ich war aber weiter hinten, denn
an Deiner Stelle war zu viel Wasser. Ich denke an Deine
für mich non-binäre Menschenskulptur, noch aus
Ton. Ich sehe sie in Holz auf Holz liegen, auf warmem
Grund ... und in Lebensgröße.
Ich lege mich zu Dir in Deinen Pausen, Dein Weib

PS: Dein Schild steht am Wetterkreuz stabil, trotz
starkem Wind hier oben heute

05.02.24 E-Mail

Ha, warst wirklich in der Tauber.
Rekordverdächtig!
Die Leiter am Wehr wird über Winter abgebaut,
die macht es leichter und sicherer.

Warst Du flussaufwärts, beim Sprungbaum?
Freu mich sehr auf Dich/ Uns hier in Mondès.
Anreise am Valentinstag!

Fühl Dich geküsst und umarmt, spüre Dich hier
bei mir.
Ton homme

06.02.24 E-Mail

Hey, Liebster! *Frühlingserwachen*
Wie schön, dass wir uns bald in ECHT sehen und Du
mich in Toulouse abholst.
Ah, cool, am Valentinstag komme ich an! Das sehe ich
jetzt erst. Tja, wieder mal ein Zeichen von oben.
Obwohl ich Valentinstag nie feire, ... weil ich die
Blumenindustrie nicht unterstützen will, mag der Tag
mit seiner Bedeutung wohl nun mit Dir doch an
Wertschätzung gewinnen. Daher bitte keine Blumen,
aber viele leidenschaftliche Küsse! Schön!
Ja, ich bin flussaufwärts schräg gegenüber vom
Sprungbaum eingestiegen. War etwas matschig, aber
im Wasser dann schön klar und frisch. Die Seen hier
sind deutlich kälter.

Also können wir spätestens am Valentinstag
gemeinsam die Badesaison in Mondès eröffnen.
Schlaf gut und mache Dir gerne die kommenden Tage
Gedanken, bei was ich von Donnerstag, 15.2. bis
Samstag, 17.02. an Deiner Seite, immer ca. 6 Stunden
assistieren darf.
Ich komme zum Arbeiten und um es mit Dir und Euch

schön haben. Darauf und auf vieles mehr freue ich mich sehr.

Einen Nachmittag will meine Freundin Freundinnenzeit. Ich auch. Sonntag dann gerne ganz frei. Du überlegst Dir, was Du mit mir machen willst, bis mein Flieger geht. Ich ziehe mit!

Es war schön, Dich heute über C.s Videochat kurz zu sehen!
Bonne nuit, Henry ... und Dir morgen einen neuen kreativen und leichten Tag.
In Liebe, Deine fröhliche Wasserratte

09.02.24 E-Mail

Bon jour ANGEL, meine Schöne,

In Gedanken bei Dir in diesen frühen Morgenstunden. Wirklich, ich bin schon wach, mit Kaffee im Bett und muss auch bald schon aufstehen.

Grund ist eine abzuholende Bodenschleifmaschine, mal schauen, was da bereit steht beim Mietservice. Schleifen! - wie ich das liebe.

Du hast heute letzten Schultag vor den Ferien,- Faschingsferien - fällt mir ein, gestern Donnerstag, im Schwäbischen schmotziger Donnerstag, andernorts oft Weiberfasnacht genannt, gut überstanden?!- was machst Du mit den freien Tagen, bevor Du nach Mondès

zu mir/ uns kommst?
Hab hier an einem sonnigen Tag eine
Klosteranlage besucht, die ich Dir gerne zeigen
möchte. Magischer Ort.
Im Romantikangebot pour deux ist auch ein
Ausflug mit Bus-Übernachtung an Atlantik oder
Pyrenäen, aber vermutlich ist die Zeit etwas
knapp. Wir werden sehen.
Ich glaube Du darfst Dich ganz entspannt von
Deinem ehrbaren 6 Stunden Arbeitstag
distanzieren, verabschieden.
Du findest hier keinen Arbeitgeber, der einen
solchen Arbeitsvertrag unterschreibt. (Auch
wurde die letzten Wochen hier genug
gearbeitet).
Also Pflicht bleibt zuhause,- hier gibt es
ungezwungene Kür für Dich.
Einen wunderschönen Tag, meine Liebe
ich küsse Dich, H

09.02.24 1. E-Mail

Liebster Mensch,

danke für Deinen wundervollen Morgenbrief. Ich bin in
Gedanken auch viel bei Dir, küsse Dich auf unserem Bild
jeden Tag und freue mich sehr, Dich früher
wiederzusehen, als erhofft.

Meiner Schwiegermutter geht es besser und sie wurde
wieder ins Pflegeheim entlassen. Ich spüre, der Faden
ist dünn, aber ich glaube, ich kann am Mittwoch zu

Euch kommen, denn sie wird noch eine Weile länger da
sein wollen.

Ich stehe in einem für mich großen Dilemma, HENRY!
Mein Anlass war zu kommen, um zu helfen, und zwar
mit Dir. Nicht übertrieben, aber mit großer und
motivierter Flamme.

Ich werde den Flug also ohne schlechtes Gewissen
verfallen lassen, wenn ich „nur zur Freizeit" kommen
kann/soll. Da haben wir verschiedene Vorstellungen
und ich meine in der Regel immer, was ich sage. Hier
wirkt die Regel.

Ich habe große Lust darauf ... C. dabei zu unterstützen,
dass ihr Platz sich ein wenig weiterentwickelt. Es ist mir
ein Bedürfnis, hier zu stärken.

Der Platz hat es nötig und ich weiß von C., dass es noch
viel zu tun gibt! Du weißt das auch. Gerne die Bank und
mehr.
Es macht mir Freude, zu arbeiten,- auch zu schleifen.
Ich will von Dir lernen und mit Dir wachsen auf vielen
Ebenen.

Freizeit werden wir in der Zukunft, die noch mehr
kommen wird, genug haben, wenn Du mich aushältst.
Das Miteinander mit Dir und C. will ich also nicht
reduzieren aufs „typisch Freizeithaben", sondern aufs
Miteinander gestalten.

Wenn Du also nichts mit mir am Platz gestalten willst,
dann bleibe ich hier. Ich halte das aus. - Ihr werdet das
aushalten.

Mein Kompromiss ist 4-5 Stunden pro Tag Wirken am
Platz. Donnerstag, Freitag, Samstag.
Ich mag das weder diskutieren, aushandeln und
rechtfertigen. Ich will was tun.
Wenn Ihr keine Arbeit für mich finden wollt, werde ich
meine Sachen packen und wieder gehen.
Ich sehe mich in dem Zimmer neben Dir meine wenigen
Sachen einrichten. Jeder seinen Raum, um eigene Zeit
für sich zu haben und zu behalten. Freue mich aber
sehr, wenn wir uns darin immer wieder besuchen.
Sehr gerne machen wir zu zweit eine Übernachtung von
Samstag auf Sonntag in den Pyrenäen und Du bringst
mich dann zum Jetplane nach Toulouse, wofür ich Dir
schon jetzt danke.
Finden wir in den Pyrenäen auch einen Fluss zum
Eintauchen? Das werden wir.

Sei umarmt und innig geküsst,
Deine in manchen Punkten sehr dickschädelige
Freundin Angel

Zweite E-Mail, abends

Bon soir, lieber Henry,
Heute Morgen war nur Zeit, das für mich ganz
Wesentliche zu schreiben. C. habe ich zu dem Thema
auch eine Sprachnachricht geschickt.
Was hat mich heute getriggert, so klar zu schreiben?
Ich mag es nicht, wenn andere über mich entscheiden,
wie ich meine freie Lebenszeit zu gestalten habe. Das
engt mich ein und tut mir nicht gut, auch wenn es gut
gemeint ist.
Du möchtest wissen, wie ich die Faschingsferien

verbringe, bevor wir uns wiedersehen?
Nach einer letzten Schulwoche mit viel laut, bunt und
Strukturreduktion, ist für mich Fasching zum Glück
schon vorbei.
Ich lasse mich manchmal dazu verführen, etwas
mitzumachen, aber eigentlich ist es nicht meines.
Seit heute Nachmittag mache ich nun den vertieften
Grundkurs fürs „Innere Wellen" bis Montag und kann
Dich dann, wenn Du magst, noch besser behandeln.
Am Montag, Essen mit Freundin Regine und am
Dienstagvormittag Geburtstagsfrühstück mit Freundin
Andrea. Sie wirst Du beim WHO AM I im Juni
kennenlernen.
Dann Unterricht und Verwalterisches für die erste
Schulwoche nach den Ferien vorbereiten und
minimalistisch für Frankreich packen.
Der Wellen-Grundkurs führt zu Tiefenentspannung,
daher komme ich schon erholt zu Euch. Generell habe
ich keinen Stress mehr. Wenn, dann mache ich ihn mir
selber.

Jetzt sause ich mit dem Rad zu meinem Kfz-„Dandler"
und hole meinen Wofli ab. Ein Marder hat sich an
einem Wasserschlauch vom Kühler satt gegessen. Möge
es ihm bekommen haben. Nun schlaf gut.

Wenn Du Lust und Zeit hast, am Samstag oder Sonntag
wieder mit mir zu telefonieren, lass es mich wissen.
Ich kann allerdings immer erst ab 18.00 Uhr.

Ich freue mich auf unser Miteinander, sich berühren
und mich darin zu üben, feinsinnig zu sein mit mir und
Dir und C.
Deine Angel

PS. Hat C. Dir gesagt, dass ich mir gewünscht habe, dass wir in Mondès am Nachmittag mal ein Käsekuchen-Event machen könnten? Ich mache gerne einen veganen und Ihr Eure. Am Ende werten wir aus, welcher der allerallerfeinste ist.

Der wird dann zum 15.06. beim Freundestreffen gebacken.

10.02.24 E-Mail

ANGELIQUE

heho und bon jour.

An diesem stürmischen, verregneten Samstag musste ich mich mal nach den Prognosen für next week erkundigen. Am Mittwoch Sonnenschein bei 20°, das wird uns sehr gefallen. Vorausgesetzt Du steigst in Dein Flugzeug.

Kür beinhaltet kein Arbeitsverbot - keine Einschränkungen - doch aber die Freiheit miteinander zu gestalten ohne Uhr und Leistungsdruck.

Hmm, triggern, Einflussnahme von außen, Erwartungshaltungen, die konditionierten Verhaltensmuster ansprechen und Funktionen abrufen, die nicht unseren Impulsen, unserer Intuition, nicht unserer Empfindung, sowie unserer Erkenntnis und Vorstellung unseres Seins entsprechen.

Erinnert mich an meine Panik vor Einmischung und Manipulation, da ich doch genau weiß, dass ich manipulierbar bin. Doch ohne Einfluss von außen geht es nicht, gibt es keine Veränderung, ohne Vertrauen keine Entwicklung. Ein rein intrinsisches System funktioniert nur bedingt. Also ein Warnsystem, ein Trigger- und Manipulationsalarm, der Einfluss zulässt und vor Beeinflussung warnt. An dem Punkt können wir noch immer entscheiden.

Bin ich einverstanden, schieße ich mit Kanonen auf Spatzen oder wehret den Anfängen, FIREWALL ...

Ein solches System hat auch Nachteile, Raum für Misstrauen, z.b. mein System entschärfe ich, gestalte es durchlässiger.
Aber Dein System ist ein anderes,- und auch anders offen, spannend, interessant.

Nein, ich wollte Dich nicht triggern, nicht diskutieren, Dich nicht in ein Dilemma ziehen, kein rechtfertigen -nur eine etwas andere Haltung transportieren.

Freue mich auf Dich, auf gemeinsames Arbeiten und Gestalten, Belohnung vom Werk erfahren, Zeit frei und miteinander verwalten, Nähe erfahren im Du und Ich, in Zweisamkeit und hier zu Dritt Lebens-freude und Lebensqualität erfahren zu dürfen.

Projekt Käsekuchen wird spaßig, - drei Bäcker

am Werk. Bin ich dabei. Aber drei Käsekuchen sind zu viel für uns, - die müssen dann irgendwie unters Volk.

Morgen Abend bin ich auf meinen Wunsch mit C. in der Haut Cuisine zu Gast. Neugierig auf Frankreichs Küche.
Sehr gerne telefonieren, aber besser heute Abend.

Fühl Dich umarmt und geküsst
HENRY

PS: :-)... schon wieder ein Smiley!

11.02.24 E-Mail

Danke ... fürs mit mir Durchgehen durchs „alte Finstre" ins neue Vertrauen hinein.
Fühl Dich geliebt und habe ein schönes Menü heute Abend mit C.

Angel

PS: Hier noch DEINE Karte zur Verstärkung Deines Selbstvertrauens in Deine Gaben.
Ich bin sehr neugierig auf das, was in Dir nun entsteht
...
der Raum ist jetzt da. Ich kann ihn spüren.

21.02.24 E-Mail

Nach unserer Zeit in Mondès bist Du auf dem Sprung
wieder ins eigene Leben bei Dir zuhause nach dem
überraschenden Tod Deiner Mutter
... mag ich Dir auf diesem Wege nochmals Danke sagen,
mein wundervoller Mann mit dem herrlichen Humor
und der großen Leidenschaft und Mut für mehr, für die
unvergesslichen Tage mit Dir!
Hier noch unsere Bilder, die aufgrund des
überraschenden Todes Deiner Mutter, als wir in
Arcachon waren, einen ganz eigenen Wert bekommen
haben.
Ich liebe Dich und wünsche Dir einen schönen und
liebevollen Abschied von Deiner großartigen Mutter,
eine tiefe und starke Zeit mit Deinen Brüdern und eine
lebendige Zeit mit Deinen Söhnen und Freunden.

Deine Angel
PS. Dein Käsekuchen war genial!

21.02.24 E-Mail

Bon soir Madame

Küsse vom Wetterkreuz fürs lüsterne Weib.
Schon beim Schreiben kommt Leben in die
Lenden.
Seit heute Nachmittag wieder im Taubertal -
fühle mich hier noch etwas deplatziert.
Deshalb gleich die Fahrt zum Wetterkreuz und
wie Du siehst, alles à la place!
Sehr schönes Schild, auch mit der Verzierung

und Beschriftung der Stickel, die ich bislang noch nicht sah.

Nun verlasse ich Deine Gegenwart hier auf der Bank und treffe mich mit den Jungs und ihrer Mutter. Abfahrt! - Möchte gerne telefonieren mit Dir am WE.

Passt? K+H, Henry

21.02.24 E-Mail abends

Hey, mein schöner Mensch,

Was für ein hübsches Paar Deine Eltern waren. Große Liebe, das spürt man! Danke für das Bild. Dachte ich mir schon, dass das Wetterkreuz einer Deiner ersten Anlaufpunkte im Taubertal wird. Freut mich, dass Du Deinem Schild zugewandt bist. Dann ist die Idee aufgegangen.
Vielleicht musst Du gerade gar nicht zuhause ankommen? Vielleicht ist Dein Platz erstmal im Schloss oder an einer Stelle, wo Du Dich dem Grabstein Deiner Eltern widmen kannst, denn ich sehe Dich schon daran arbeiten. Er wird einzigartig, - so wie die Liebe Deiner Eltern zu sich und zu Dir/ Euch hin.
Ein wenig kannst Du dabei in diese Arbeit auch unsere Liebe hineinnehmen, die sich zwar mehr im Holz findet, aber das Herz kann mitschwingen und den Stein sanfter werden lassen.

Immer kannst Du Dich auch in den in mich auch verliebten NAMENLOSEN setzen und zu mir flitzen. Hier ist jetzt auch Dein Platz, auch wenn ich evtl. nicht immer da bin.

BETI BETAK - "Mein Zuhause ist Dein Zuhause" - sagen die Ägypter.

Gerne telefonieren wir am Samstag oder Sonntag, wie es Dir passt. Ich kann nur sonntags ab 15.30 Uhr nicht mehr, weil ich da eine Freundin behandle und dann essen gehe.

Ich liebe Dich, Henry und bin mit Dir auf dem Weg, auch wenn nicht sichtbar für andere.

Gehst Du am Freitag alleine zu Deiner Mama, um ihr die letzte Ehre zu geben? Fühl Dich umarmt, Deine Angel

22.02.24 E-Mail

Heho, meine Süße

Was für ein cooles Bild von Euch Dreien. Von wann? Deine Eltern wirken dynamisch, vor allem der Vater mit seiner Mähne, - und Du strahlst.

Hätte ich meine Frisur nicht bereits gefunden, könnte ich neidisch werden.

Bin mal reingezoomt: Du hast von beiden etwas, doch mehr vom alten Griechen.

Telefonieren gerne am Samstag, passt 18 h oder später?

Das Zurückkommen gestern war spooky, - eine Wohnung, die sich verändert und mich nicht mit der Klarheit und Stille empfangen hat, die ich mir wünschte. Es war vielmehr der Space meines jüngsten Sohnes, in den ich

eingedrungen bin.
Er war da und wir haben uns sehr gefreut, uns
zu sehen. Aber die Umstände haben uns zu
früh wieder zusammengeführt. Es ist für
irgendetwas gut, für eine Entwicklung, die
schon im Gange ist, eine Abnabelung.
Heute haben wir einen schönen WG-Tag
verbracht. Ein Jeder mit dem Seinen
beschäftigt und zwischen-durch viel
Gemeinsamkeit gepflegt.
In der Früh erwacht mit Kraft und Klarheit, mit
stillen Tränen, die einfach laufen durften.
Trauer war Teil, aber vielmehr Glaube,
Gewissheit um das Gehen der Mutter.
Tränen aus Dankbarkeit um Dich und der Liebe
zu Dir hin, um die Freude und Kraft, die ich in
mir spüre und mit Dir teilen darf, Dankbarkeit
für Deine Liebe, die Liebe eines wunderbaren
Menschen, einer schönen klugen weisen
hingebungsvollen Frau, gesegnet mit Liebe
Spirit und Humor.
Mein Weib - welch Glück ich habe.
Der Namenlose wird uns schon bald wieder
zusammenführen. Er kennt den Weg.
Wir kommen zusammen und trennen uns
wieder.
Das wird so auch noch für einige Zeit bleiben,
das sagt mir mein Gefühl, meine Intuition. Das
ist noch wichtig, doch irgendwann wird es
anders sein.

Heute Gedanken zu meiner Mutter notiert. Eine
Vorbereitung auf das Gespräch mit Pfarrer K.

morgen Abend, der natürlich schon lange
verrentet
ist, aber meinen Eltern sehr zugetan war.
Er begleitete schon meinen Vater und nun
meine Mutter. Bei ihm musste ich schon als 9-
jähriger beichten, habe die Kommunion
empfangen, wurde gefirmt. Hammer.
Heute finde ich ihn cool, früher, als Kind und
Jugendlicher empfand ich ihn eher als
Heimsuchung.
Im Anhang sende ich Dir meine
Aufzeichnungen - könnten auch etwas
langatmig empfunden werden.
Umarme Dich, lasse meine Hände an Dir
entlang-gleiten, berühre Dich mit der Kraft, die
Du gerne hast. Küsse Dich innig.
A bientôt, meine Liebe
Dein Mann Henri

23.02.24 E-Mail

Mein Liebster,

Am Morgen ein kurzer Morgengruß und liebevolle, wie
auch eine verbunden klare Umarmung zu Dir und
Deinem Tag hin.
Danke für Deinen wunderschönen Brief und die
Gedanken zur liebenden Mutter hin. Diese Gedanken
lese ich ihn Ruhe heute Nachmittag. Sie wollen einen
zeitlich größeren Raum.
Deine Briefe lese ich grundsätzlich immer
mehrmals, denn ich kann Dich damit immer wieder zu

mir herholen, wenn Du mir fehlst.

Kurzes Missverständnis aufgelöst: Auf dem Foto mit mir sind Hilda und Ernesto, enge Freunde, mit denen ich den morgigen Tag verbringe. Könnten altersmäßig meine Eltern sein.

18.00 Uhr morgen ist perfekt.
Du kannst es aber auch heute Abend schon probieren, wenn Dir danach ist. Ich bin da und küsse Dich ... und kenne es, wenn mensch im eigenen Raum plötzlich nicht mehr ganz zuhause ist ... eine Einladung, dauerhaft neuen Raum zu finden. Der findet sich. Ich habe entschieden, heute einen Engel-Teil von mir abzuspalten und habe ihn an Deine rechte Seite gestellt.
Du hast also heute neben Deinem persönlichen Schutzengel, der Dich schon seit Deiner Geburt begleitet, keinen "gewöhnlichen" Helferengel dabei, sondern 24 Stunden einen Teil von mir. Wirst Du spüren.

Ich war gestern auch zwei Stunden bei der Totenwache des 22jährigen Pierres, Bruder des wunderbaren Mädchens unserer Schule und verantworte jetzt auf Wunsch der tapferen wie liebenswerten Mutter die Trauerbegleitung wie Aussegnungsorganisation und Rede.
Mehr morgen oder heute Abend, wie für Dich genehm.

Liebe und küsse Dich,
Deine Angel

24.02.24 E-Mail

Guten Morgen, liebster Mann,

Es geht Dir gut, Henry. Alles fühlte sich hier leicht und
verbunden an,- sehr liebevoll und intensiv, als ich
gestern und heute Morgen zu Dir hinspürte.
Freu mich auf unsere Zeit zu zweit heute gegen 18.00
Uhr.
Hier ein Bild mit meinen Eltern vom Juni 2022. Dann
kannst Du nochmals vergleichen. Papakind vom
Temperament, ... wenn man meine griechischen
Cousinen dazu nimmt, sieht mensch, welche Linie sich
zeichnet.
Hier ist herrliches Wetter! Ich werde wieder
schwimmen gehen.
Irgendwie überrascht es mich nicht, dass Du Ernesto
und Hilda als meine Eltern zugeordnet hast. Ich trage
sie fest in meinem Herzen. Ich bin ein Helferengel wie
Freundin für sie. Da entsteht dann optische
Verbundenheit.
Ich küsse Dich in den Morgen und stell Dir symbolisch
Deinen Kaffee ans Bett.
Die Deine

24.02.24 E-Mail

*Es ist eine neue Tür geöffnet worden - tritt ein und
vertraue, wenn Du magst*
Bon soir, liebster Henry,

Soeben wurde telefonisch aus Erlangen der Wunsch an
mich herangetragen, Dir dies von meinem

Schwiegersohn weiterzuleiten, der Ende März einen runden Geburtstag hat. Wie Du ein Widder. *„Am 30.03. feier ich Geburtstag im Biergarten, bist herzlich eingeladen!"*
So würde Dein Wunsch in Erfüllung gehen, vor dem 14.06. meine Töchter und auch Schwiegersöhne und Enkel kennenzulernen.

Fühl Dich frei, dies zu Deiner Zeit zu entscheiden. Hier gibt es keine Erwartungen.

Hier gibt es nur Liebe, Lust und Leichtigkeit.

Ich mochte es heute bei unserem Telefonat, dass wir Raum ließen für Leerstellen; - es muss nicht immer geredet werden und in dem Raum fühlte es sich wohlig an.

So von Vertrauter zu Vertrautem: habe gestern beschlossen - solltest Du vor mir ausatmen - dass ich es Deiner Mutter gleichtue: Spätestens nach zwei Jahren dem Liebsten folgen. Ich kann es Dir nur so erklären:

Warum auch immer, ich nehme wahr, dass meine Fähigkeit, tiefer zu lieben von Partnerschaft zu Partnerschaft wächst. Leider schmerzt aber auch die Vorstellung des Abschieds noch mehr als bisher. Ich will dann nicht mehr so tapfer sein ...

ich mag dann auch leichter werden und losfliegen.

Träum schön, mein mutiger Mensch und auf bald, A.

25.02.24 E-Mail

Bon jour Liebste,

Die offenen Worte zu Deiner Liebe und Unserem Gehen berühren mich, aber ohne zu

164

ängstigen.
Einer wird zuerst gehen, doch vorher will noch
gelebt werden, innig, tief, mit Mut, Leichtigkeit,
von Liebe geführt. Wir haben noch Zeit für gemeinsame
Entwicklung und Lebensfreude. Wir stehen am
Anfang.
Bedanke mich bei Deinem Schwiegersohn
(und ältesten Tochter) für die Einladung,- hat
mich sehr gefreut. Einfach und persönlich,
fühle mich angesprochen. Ein Widder und
Schwabe, der einen Runden hat ... Fühlt sich
richtig an und ich kann mich/ uns dort sehen -
bei Deinen Kindern, - möchte es aber noch
etwas offen halten.
Liege noch im Bett, da wäre Platz für Dich ...

Schönen Sonntag, ANGEL
K+H HENRY

25.02.24 E-Mail

Guten Morgen, mein Geliebter,

Liege auch noch im Bett und hab mich über Deine
schnelle Nachricht gefreut.
Ich bin voll bei Dir für Offenlassen bzgl. der
Geburtstags-Party in Erlangen, denn es wird etwas
locker und oberflächlich aufgrund der Größe der Party
sein.
Ich werde mich daher - wie oft - viel bei den Enkeln
tummeln, weil sie für mich das Leichteste und Offenste

durch ihr Kindsein sind. Außerdem entlaste ich meine Töchter und Schwiegersöhne damit. Finde mich dann hier mit Dir und ohne Dich ... wie Du magst. Ich bin ein schlechter *Am Tisch-Sitzer*. Zuviel ADHS-Anteil in mir, wenn die Gespräche nicht in die Tiefe wollen.

Danke für Deine „Unängstlichkeit" bezüglich unseres Abschieds zu seiner Zeit. Mir geht es genauso.

Ich denke und fühle gerne das Leben und im Besonderen die Liebesbeziehungen vom Ende her. Dann entsteht wertvoller und kostbarster Raum für das Dazwischen, denn das Wichtigste ist gesagt.

Verzeih mir dennoch, wenn in den Jahren, die kommen mögen, immer mal wieder am Morgen oder Abend in Deiner Nähe stille Tränen der Dankbarkeit und des Glücks fließen. Du kennst dann ihre Bedeutung und kannst mich einfach nur in den Arm nehmen. Es gehört zu mir.

Ich liebe Dich und freue mich sehr auf unsere Zeit, die wir ergreifen und neugierig erleben dürfen.

Gemeinsam wachsen mit kleinen Momenten des Loslassens, bis der Vorhang fällt.

Genieße Deine Atemzüge und komme gut in den Tag ... skizziere, wenn Raum dafür wächst, den Grabstein, der in Liebe beschlagen werden will.

Wie würdest Du einen für uns zwei gestalten? Gäbe Dir das Orientierung?

Löse Dich von der Ordnung ...- eine Friedhofsordnung ist hier freier, als Du vermutest. Es gibt sicher nur eine Ordnung zur Höhe und Breite. Es dient ja dem Ausdruck von Liebe.

Ich lege mich zu Dir, küsse und wärme Dich, bis Du davon verschwitzt aufhüpfen musst, um einen Kaffee in

Dich fließen zu lassen ...- sicher bist Du nun schon dabei.

Deine Süße

26.02.2024 E-Mail

Guten Abend, lieber Henry,

ein Paket könnte die nächsten Tage vor Deiner Tür liegen. Einfach mal öffnen und reinschnuppern und wieder einpacken, falls es missfällt. Es könnte Dir zu groß und befremdlich sein. Ich könnte meines gegen Deines tauschen. Ich könnte zwei behalten, weil ich sie feire, denn seit ich den Gegenstand im Winter bei Nacht ohne liebenden Henry unter mir nutze, habe ich keine Rückenschmerzen mehr. Zudem liegt eines in Griechenland dauerhaft gut. Ich bin also nicht enttäuscht, wenn es Dir nicht taugt. Also gib entspannt ab oder genieße es, falls es Dich doch reizt. Irgendwie wollte es erst einmal zu Dir.

Anbei der von mir geschriebene und gesungene Song „Valley of tears" mit Melodie von meinem Bandpartner André von 2002, der so gut zum Abschiednehmen passt.

Er kam mir in den Sinn aufgrund Deiner Zeilen, die Du über Deine Mutter schriebst. Es ist mein Lieblingslied der Band AFTERDAY, mit der ich mit meinem verstorbenen Mann zwei Jahre musikalisch kreativ sein und wachsen durfte.

Ich habe den Text in mir gefunden, als mein Onkel mütterlicherseits vor 23 Jahren – für uns aus heiterem Himmel bei Barcelona im Hotelzimmer „alleine" verstarb. Einfach schwindlig gewesen, hingelegt und nicht mehr aufgestanden. Ähnlich erging es einem meiner mir nahestehenden Cousins im Alter von 23 Jahren, - zwei Jahre davor. Ich meine, ich erzählte es Dir. Ihm habe ich lange nachgeschaut.

Manchmal geht der Abschied wie bei den Vorgenannten schnell, so wie auch jetzt bei Pierre und Deiner lieben Mutter und mensch merkt, dass mensch, je älter mensch wird, regelmäßiger Abschied nehmen lernen darf.

Insofern ist der Text zeitlos.

Ich freue mich sehr auf unser Wiedersehen in wenigen Tagen und schätze, dass ich am Samstag gegen 18:00 Uhr bei Dir in Heilbronn sein kann,- wo genau, sagst Du mir – Weinsberg oder Schloss. Du schickst mir die Daten zu Deiner Zeit. Wollen wir am Weinsberg im Wohnflitzer kochen? Soll ich Bärlauch mitbringen? ... Hier ist alles gut. Es arbeitet und schwärmt so vor sich hin. Gestern die Geschwister eingeweiht, heute die Eltern. Alle freuen sich für mich und uns. Es fühlt sich schön an.

Schlaf gut und fühl Dich geliebt ... - je länger die Körper voneinander entfernt sind, desto einsilbiger scheinen die Lenden zu schwingen.

Ein hübsches enganliegendes kurzes Kleid habe ich gestern second-hand als Geschenk erworben und mich daran gefreut, es vor Dir zu tragen ... und seltsamerweise kam da plötzlich ein anderes Bild, was ich da unter dem Kleid trage ... sehr spannend, was die Liebe so mit einem macht.

Immer wieder überrascht von sich und uns,
Deine Dich liebende Angel

27.02.24 E-Mail

Hey, liebster Mann in meiner Welt,
Hier das Gewünschte Lied VALLEY OF TEARS in
Textform.
Hab noch einen wunderschönen Nachmittag und
Abend.

Werde weiter, der Du bist.
In Liebe, Dein Weib

Valley of tears

Today in the afternoon,
my mother called me up and told me,
that my uncle had died,
soften and lonely
at a strange place
he leaves behind his family
and goes, goes further alone.

(I'm) mourning about the fact
things cannot be done together anymore
sympathy for that one
who feel, who feel closer like I was.

Well, now I realize
I cannot protect myself
again I have to go
through this valley of tears
helpless lonely, helpless lonely
crying, searching for little energy.

[solo]

And now I realize
I cannot protect myself
again I have to go
through this valley of tears

helpless lonely, helpless lonely
crying, searching for little energy.
I cannot neglect the fact
that with increasing age
I still have to learn,
I still have to learn
to say GOODBYE every day.

27.02.2024 E-Mail

Bon soir geliebtes Weib

Besten Dank für den Songtext.
Freue mich sehr darauf, mit Dir wieder zu reisen
- ins wunderbare Südtirol - Dich beim *Finsterwirt*
einladen zu dürfen, an meinem Geburtstag
irgendwann Du in meinen, ich in Deinen Armen
einschlafen zu dürfen.
Was für ein Geschenk, es braucht nichts
anderes, von der gemeinsamen Zeit
abgesehen.
Freier Freitag! Freier Montag und dazwischen
ungebunden!
Mein Tag war heute auch sehr erfüllt, mit
meinem Jüngsten und Bruder Franco im
Weinsberg, arbeitend. Aber nun sind sie weg
und ich bin im *Schloss, meinem Elternhaus,*
alleine.

Fühle mich dünnhäutig, transparent, verletzlich,
von Stille und Leere angefressen.
Fluchtgedanken habe ich aufgelöst, bleibe
und lasse zu. Offen bleiben für alles ...
Morgen früh fahre ich weiter nach Tübingen.
Ich umarme Dich, bin einfach bei und mit Dir.
Zünde Kerzen an, für unsere Menschen, die
gegangen sind, für die vielen, die mit uns sind,
für Angel, Henry und die Liebe.
Jetzt höre ich auf, bevors` zu kitschig wird.
(Smiley)
Buona notte, Dein Mann

27.02.24 E-Mail

Geliebter Mann,
Bin bei Dir und genieße unseren Mut zum KITSCH.
Deine italienischen Lieder haben mich heute nicht nur
nach Italien, sondern auch wieder näher zu Dir geführt
... ich hörte gerne Pino Daniele.
Da ist eine unglaubliche Offenheit in Dir, Raum für
Vielfalt, der Mut, allen Musikstilen ihre eigene
Wertschätzung zu geben und die Bereitschaft, zwischen
den Zeilen das Herz im Lied finden zu wollen und zu
können.
Es fühlt sich stimmig an, wie Du gerade gehst und
wirkst, ... - lässt Dich nicht von Ängsten, sondern vom
Vertrauen in das, was uns Lebewesen zusammenhält,
begleiten. Wandelst mit denen, die uns
vorausgegangen und die jetzt mit uns sind.
Dabei erfährst Du Dein ICH, das im WIR das besonders
Kostbare und Unvergleichliche finden will. Ein

Geschenk, das zusätzliche Kraft und Glücksgefühle
bereithält, was alleine nicht verfügbar ist.
Südtirol mit uns wird herrlich. Der *Finsterwirt* hat mich
an Nino und Ernst Moldens` Lied denken lassen.
Ich lege mich heute Nacht zu Dir und halte Dich, wenn
Du es zulässt. Visualisiere, Du kannst das.
Viel Freude morgen mit Deinem besten Haberer in
Tübingen und Umgebung.
Dein Dich liebendes, sich mitunter auch nach Dir
verzehrendes Weib.
Du siehst, hier kitscht es sich trefflich, A.

28.02.24 E-Mail

My Dear,
Sehr schönes Arrangement bei Dir im Regal.
Beim *Finsterwirt* dachte ich ebenfalls an unsere
Barden.
Der *Finsterwirt* in Brixen musste Dir begegnen,
Hotel Elephant ist auch eine Schau.
Hatte einen schönen gesprächigen
Wandernachmittag auf der Alb. Habe von uns
erzählt und meinem Haberer damit ein seliges
Lächeln entlockt. Es werden stetig mehr
Menschen, die Dich kennenlernen und uns
zusammen erleben wollen. Alles zu seiner Zeit.
Bin sehr froh, dass 'auf bald' nur noch bis zum
Wochenende bedeutet, meine Liebste.
Wie wärs mit einem Telefonat morgen oder
übermorgen.

Küsse Dich, vermisse Dich, liebe Dich. H.

28.02.24 E-Mail

Bon soir, chèr homme,

Ein schönes Bild von Euch beiden ... brüdernah.
Freu mich auch auf ein Kennenlernen, obwohl da auch
ein ziemlich egoistischer Anteil in mir schwingt ... im
Sinne ... ich mag Dich erstmal alleine für mich haben
und will Dich ungern teilen, egal mit wem. Dein
jüngster Bruder und sein Freund Simon bilden eine
Ausnahme.
Ich weiß, das geht Dir genauso. Aber es ist schön zu
sehen, dass unsere Liebe sich jetzt verbreiten und in
die Freundes- und Familienkreise fließen will und das
wird sie.

Morgennachmittag gegen 17.15 Uhr wird meine
Zweitgeborene mit ihren Kids übers Wochenende mit
dem Zug anreisen. Da ich jeweils Do bis 16.15 und Fr bis
14.45 Uhr an meinem schönen Arbeitsplatz bin, werde
ich ab morgen keine lange genussvolle Plauderzeit mit
Dir finden.
Zwischen Arbeit und Enkeln findet sich aber morgen
gegen 16.30 Uhr eine halbe Stunde ... Ist das okay oder
fühlt es sich gequetscht für Dich an?
Sonst lieber heute noch oder am Samstag ab 7.00 bis
10.00 Uhr ... da bin ich "on the road" Richtung HD.

Habe heute bei den Übungsprojekten im Fach Technik
der 9. Stufe viel zu Dir hingedacht und musste viel
lachen, weil ich mir vorstellte, Du sitzt neben mir und
feierst die Lernenden, wie sie ihren Bau einer
Dokumentenablage vorstellen.
Gott sei Dank wissen alle in der Arbeit, dass ich total
verrückt bin und nehmen es nicht persönlich, wenn ich

plötzlich ohne ersichtlichen Grund lauthals loslache.
Beginne wieder mit dem "Fremdeln"...- es wird eine
Zeit ein großes Üben sein ... wir schaffen das.

Küss und lieb Dich zurück,
Dein verrücktes Huhn

29.02.24 E-Mail

Bon jour Mademoiselle ANGEL,
Roter Hahn macht sich nackig für verrücktes
Huhn, da muss nichts fremd bleiben. Und
manches mir selbst Fremde werden wir
gemeinsam entdecken.
Lass Dich leiten von Neugier Vertrauen und
Liebe - aber das bist Du ja, da bist Du zuhause.
Freue mich sehr auf Dich.
Sehr gerne telefonieren heute Abend zur
Feinabstimmung.
Bei mir ist Flexzeit, - ich blocke das halbe
Stündchen für Dich und überlasse den Anruf
Dir, da Du vielleicht vor der Ankunft Deiner
Lieben doch noch etwas Raum ganz für Dich
brauchst.
Bin in der Zeit ganz bei Dir, ob mit oder ohne
Gespräch (ein Teil von mir ist immer bei Dir).
Wenn nicht heute, dann morgen Vormittag.
Fühl Dich geliebt und geküsst von mir ... einen
happy day mit Sonnenschein, außen, innen
und lebensfreudigem Smiley ... HENRY

01.03.2024 E-Mail

Guten Morgen, liebster Henry,

Den Morgengedanken mag ich wieder mit Dir teilen
und mich über mehr und mehr Paradies mit Dir freuen
in der Zeit unserer Menschwerdung!
Liebe, küsse, feire und umarme Dich und noch ganz
vieeeeeel mehr!

Hab einen wunderschönen Sonnentag,
Dein süßes, mitunter auch mal kleinhirniges, weil auch
ziemlich doll verliebtes Weib

04.03.2024 E-Mail

My Dear
Fotos unter einem Schloss, einer Burg wie in
Kufstein, aber hier in Heidelberg stehen Zwei,
die über die Freundschaft hinausgewachsen
sind, stehen Liebende.
Vermisse Dich auch sehr und schmerzhaft,
aber wir schaffen das. Da ist Kraft, Mut und
Glaube.
Mit Schreiben, Telefonieren, Teilhabe,
Gedanken und Liebe versenden. Und in dem
wir unsere Zeit nutzen, füllen, gestalten, Anteil
nehmen an der Welt, die uns umgibt.
Mein Sehnen nach Dir darf weh tun, aber es
zeugt keine Leere, nur Liebe, Gewissheit und
Freude am Miteinander, trotz Ferne -
und Vorfreude auf unser Wiedersehen.

Es raubt keine Energie, nimmt keine
Lebensfreude, - es ist eine Qualität für sich, ein
kostbares Mitbringsel der Liebe.
Wünsch Dir eine schlafreiche Nacht mit
schönen Träumen, einen guten Start in die Zeit
ohne mein Körper-Ich.
Ich liebe dich
HENRY
PS: Yes, ein sehr schöner Song für meine
verstorbene Mutter

04.03.24 E-Mail

Mein Mensch,
danke für Deine liebenden Gedanken.
Ja, wir werden es achten, dass es nicht schneller geht,
als es soll.
Einiges ist noch für Jeden zu tun, bevor die gemeinsame
Zeit beginnt, die wir dann in großer Fülle feiern und
genießen.
Alles, was gelebt werden will, wird zur richtigen Zeit
kommen.
Ich will nicht mehr duschen, denn sonst fliegt Dein
Geruch weg. Ein Ärger!
Höre Dich sooooooooooooo gerne lachen!
Ich umarme und liebe Dich,
Deine Süße

05.03.24 E-Mail

Eine Nachricht von meiner fast 90-jährigen Mama, nachdem ich ihr den Song „Mama" für die Verabschiedung Deiner Mutter von Beth Hart geschickt habe:
„Guten Morgen, meine liebe, liebe Tochter, Du bist so früh hellwach! Du schreibst mir so lieb. Ich kenne Dich doch, meine Angel, und Du weißt es auch! Und ich liebe Dich genau so, das sollst Du immer wissen!
Du hast Deine Heimat gefunden, da finden wir Frieden. Ich bin so froh. Angel, ich liebe Dich immer, vergiss es nie.
Deine Mama alle Zeit."
Das ist Wunder!! Könnte Eure Mutter mitgeschrieben haben.
Kuss, A.

05.03.24 E-Mail

Angel, Geliebte, oha!
Was für eine Botschaft, zum Weinen schön.
Das rührt mich, wie geht es Dir damit?
Ein Kokon aus Liebe um Dich. Wie mutig und klar Deine Mama diese Zeilen schreibt. Jetzt darf ich Deine Mutter feiern. Tolle Mama.
Was meinte sie mit Heimat?
Heute begann ich mit Fundamentgründung im Keller. Bin in meinem Plan, morgen ist mein Jüngster noch an Bord.
Jetzt bin ich noch mit Freunden am Wohnort

verabredet, Reisebericht und Beziehungsstatus sind wohl die Punkte, die ihr Interesse wecken. Musste leider duschen, ließ sich nicht vermeiden. Smiley. Und Du? Schwebst Du noch durch den Tag oder bist Du wieder gelandet?

Ich küsse Dich, Dein Mann

05.03.24 E-Mail

Guten Abend, Mann meiner Träume, liebster HENRY,

Vielen Dank für Deine Mail mit Bildern zu vielem hin. Was gibt es Schöneres für mich, am Morgen mit Dir aufzustehen und am Abend die letzten Gedanken mit Dir zu teilen? Nichts.
Zu Deinen heutigen Gedanken-Bildern hin: Mutters` Gedanken haben mich heute Morgen zu Tränen gerührt. Es macht mich sprachlos und gleicht einem Wunder, denn wir hatten auch viele gemeinsame schwere Jahre und ich bin sehr dankbar, dass ich mit meinen Eltern in einem großen Frieden bin. Beim Vater nicht immer stabil, ... aber das ist sein Thema.
Ich fragte meine Mutter heute Abend, was sie mit HEIMAT meinte für mich,- ... dass auch Du fragtest.
Sie sagte ganz selbstverständlich:
„Dass Du Heimat in Dir gefunden hast und Menschen, die Dir das Gefühl von Heimat geben und dass Du Heimat für andere bist."
Wieder ein Stocken und Sprachlosigkeit, ... so viel Weisheit an einem Tag von meiner hochbetagten und zudem auch gerade kranken Mutter ... hat mich sehr bewegt. Wir haben gerade noch viel gelacht am Telefon

... Es war herrlich! Ich fühle mich sehr privilegiert, noch diesen Prozess mit meinen Eltern gehen zu können. Ein großes Geschenk!

Karten fürs Tollwood mit Beth Hart sind schon weg. Aber halte Dir den Tag 1.7. frei, denn ich versuche, dennoch zwei Karten zu bekommen.

Schön, dass es viele Orte auf dieser Welt gibt, wo Du uns gemeinsam sehen kannst. Smiley

Ich feire Dich, dass Du heute mit dem Keller in Deinem früheren Zuhause losgelegt hast und bin sicher, Du hattest bei Deinen Freunden einen schönen Abend.

Wie geht es Franco?

Nach den Schlussplanungen für Pierres´ Aussegnung und vier Stunden Matheunterricht, durfte ich heute noch zwei Familien-Aufstellungen begleiten. Ich merke, es ist meins.

Es läuft und es liegt ein Segen darauf. Die Menschen gehen glücklich nachhause. In 14 Tagen nochmals zwei. Es wird eine positive Routine.

Ich bin viel bei Dir und gedanklich und in anderer Hinsicht beschäftigt mit unserer gemeinsamen Sexualität. Es hat immer noch viel "Jungfräuliches" - ... auch bei Dir. Irgendwas ist in uns noch sehr zurückhaltend, dann wieder mutig und wieder zurückhaltend.

Es ist etwas Neues, uns beiden noch Unbekanntes darin und das verunsichert uns. Es soll noch nicht durchbrechen und das hat einen tieferen Sinn.

Ich merke, dass sich auch meine eigene Sexualität verändert. Das macht mich sehr neugierig.

Wer sind wir gemeinsam? Was wissen wir hier noch nicht über uns selbst in diesem Bereich?

Am 21.03. wäre hier abends das Dunkelrestaurant für Dich angedacht. Ich freue mich auf Dich!!
In Liebe, Deine Frau, die an Deinem Geburtstag auch mit dir tanzen will.
Schlaf gut, mein Feingeist.
Meine Augen fallen zu,
Dein Weib Angel

07.03.24 E-Mail

ANGEL, Licht aus dem Osten, ma chère femme, großartiges Weib, geliebter Mensch

Die Gedanken müssen noch in der Reifekammer verweilen, denn für Reflektion und Erkenntnis im Bekannten und Unbekannten fehlt mir heute Abend die geistige Frische ...

Zu unserer Sexualität kann ich mich heute noch zu Deinem nackten Körper an meinem, Haut an Haut, Lippen auf Lippen, Zunge spielt mit Zunge, hin sehnen, hin fantasieren, ... Lust, jaaa ... - der Liebeslust fähig, der Gedanken Scharfsinn ist dagegen heute nicht mehr zu erwarten.
Aber freue mich sehr auf unser Telefonat morgen, gemeinsame Zeit, Miteinander. Wunderbar.
Was Deine Mutter zu Deiner Heimat sagte, ist großartig. Ein herrlicher Satz voller Schönheit, Wahrheit, Liebe. Das ist der Olymp: 'Deine Mama alle Zeit', hat mich auch sehr bewegt.

Im Anhang findest Du Baustellenbilder.
Morgen telefonieren und dann bald schon
wiedersehen!
Küsse und umarme Dich,- immer bist Du in
meiner Gegenwart.
Heute leg ich mich zu Dir, eng umschlungen, in
Deinem neuen Bett, ...
In Liebe HENRY

PS: Möchte auf 19.30h verschieben, - passt das
bei Dir?

07.03.24 E-Mail

Mein wundervoller Mann, mein in der Lust mit mir
wandelndes Wesen
Ich kenne keinen Menschen in meinem Kosmos, der so
schreibt wie Du!
In unserer Sprache so wirkkräftig wie achtsam und
verspielt, tanzt Du mit mir in die Nacht.

Liege schon in unserem single bed und habe die
Heizdecke an, bis Du Dich zu mir legst. HERRLICH!
Seid fünf Uhr wach, muss ich mich heute mal früher
langstrecken. Um 6.00h in die Arbeit geradelt, 8
Stunden Unterricht, davon vier Stunden Sport
unterrichtet und im Anschluss noch drei Stunden i-
wellen Behandlung im Team.
Die Äuglein fallen wieder zu.
Nur noch wenige Wochen und diese beruflich
pädagogischen Strukturen transformieren sich in
andere Formen.
Mach Dir nicht so viele Gedanken in der Reifekammer.
Das will ich mir in meiner/unserer Welt abgewöhnen, ...

den Kopf gerade da immer mehr ausschalten und sich mehr und mehr mit dem Strom der Liebe und der gemeinsamen Lust fließen lassen.

Das Fremde will ja da sein, ... - aber manchmal macht es mich auch unsicher, wenn zu viel fremder Boden betreten wird.

Verzeih, will Dich hier nicht verunsichern, aber eben aussprechen, wenn etwas in mir öfter kreist.

Danke für die vielen Fotos von Deiner neuen Großbaustelle, damit ich mir vorstellen kann, was Du da gerade gestaltest. uiiiuiui, viel größer als (wie) ich erwartet habe.

Ziehe meinen Hut und feire Deine Geduld. Du hast viel gelernt in den letzten Jahren!

Gerne telefonieren wir morgen um 19.30 Uhr. Ich ruf Dich an.

Du fehlst, auch wenn ich Dich hier nah bei mir habe ...

Drücke mich eng an Dich bis ich festklebe,
Dein Weib

10.03.24 E-Mail

Chèr homme, mein HENRY,
Nun ein offizielles und nahes bon matin, mein Liebster!

Ich gratuliere Dir zur erfolgreich abgeschlossenen Betonierung und zum frisch geduschten Dasein, auf dem Weg mit Deinem großartigen Sohn Jay im auch verliebten Namenlosen zu Deinen Dich auch liebenden Brüdern. Umarme Deinen Bro C. von mir.

Wie fühlst Du Dich nach dem anspruchsvollen Einsatz

gestern und den Tagen davor? KÖRPER GEIST SEELE
HERZ

Ein Haus zu verschönern, das man als seinen Besitz
erfasst und es doch nicht mehr in der Form belebt. Ein
besonderes Loslösen in Liebe?
Ich liege noch im Wohnflitzer und habe Dich eng bei
mir und spüre eine auffällige Bewegung in Deinen
Lenden.
Seh Dich schmunzeln.
Hier ist es auch sehr schön gemütlich, alles nur ein
wenig kleiner. Mein WOFLI will kommende Woche
schon wieder zu meinen Autoheilern.
Das ist eine andere Geschichte, die ich nun genauer
lesen will, denn ich glaube, dass mein Bus mich auf
etwas aufmerksam machen will.
Auch wenn mein spontaner Gedanke zu Zeugung und
Geburt nicht ganz trifft, schön fand ich ihn dennoch.
Wir sind ja so und so tief ineinander verwoben ... ich
bin halt eine Zeichensucherin und täusche mich auch zu
10 %.
Es schmälert unsere Liebe nicht.

Gestern war auch für mich ein einzigartiger Tag, der in
den heutigen und alle, die noch folgen, hineinfließen
wird.
Ich habe den Tag mit viel Ruhe und innerem Frieden
begonnen. War an meinem Morchelplatz in Haag und
bin dort in der Traun geschwommen.
Habe dort und später auch noch bei den
Vorbereitungen (Ritualen) der Frauen-Schwitzhütte viel
Sonne getankt.
Schon morgens viel geschluchzt, mein verstorbener
Mann war viel da und hat mich mit Dir begleitet. Das

war auch in der Schwitzhütte so.

Elf weitere Frauen, im Alter zwischen 25 und 65, eine einzigartiger und weiser als die andere, fanden sich dort ein. Es wurde wenig gesprochen, und nur über das, was frau finden will, - ich einen abgespaltenen Anteil meiner Weiblichkeit, mein Vertrauen und Leichtigkeit zur neuen Sexualität hin, viel schweigen, viel trinken, das Feuer vorbereiten in großer Achtung mit Helfersteinen, die später als Samen, vorher mit stärkenden Begriffen belegt, in die Hütte kommen, tief eintauchen in sich selbst, dann in Mutter Erde, mit ihr EINS werden und sich von ihr nähren.

Dann mit dem Wasser fließen ... So viel schwitzen wie noch nie, zur eigenen Zeit den Punkt des Austritts aus der Schwitzhütte finden und dadurch den Zeitpunkt der Neugeburt selbst wählen. Kriechen und liegen.

Draußen ankommen im Neuen, noch Undefinierten, sich nicht duschen und die "Käseschmiere" an ihr lassen ... ein unheimlich reiner Geruch.

Mehr kann ich Dir am Samstag oder Sonntag berichten ...

Alles andere ist noch in der Reifekammer.

Heute werde ich nach dem Frühstück mit Abschluss-Sharing in die Hinterwindau fahren und auf dem Weg in ein neues, reines Gewässer tauchen und die SCHMIERE lösen.

Liebe Dich sehr und freue mich auf unser Miteinander in München und auf den Weg nach Erlangen.

Deine frisch geborene, noch fragile Frau,
Dein Weib küsst Dich sanft

10.03.24 E-Mail Stunden später

Hey, mein Mann,
Nach einem zauberhaften wie nährenden
Frauenfrühstück bin ich nun nach gemütlicher Anfahrt
in die Windau getaucht und habe ein Schneebad
genommen. Kein Mensch hier.
Alles erlaubt.
Wünsche, dass Du einen schönen Tag mit Familie hast/
hattest. Küsse Dich leidenschaftlich, will ich noch von
heute Morgen korrigieren!
Deine Süße,
die am Samstag nicht mehr Essen gehen will, sondern
gleich das mit Dir tun, was nur wir miteinander teilen.

11.03.24 E-Mail

Mit einem beseelten Lächeln denke ich zu Dir
hin, Angel, mein Engel

Heute früh etwas unfit und fröstelnd erwacht.
Einen schnellenstarkensüßen Kaffee genossen,
um noch vor 8 Uhr den entliehenen
Betonmischer und Verdichter, sowie übrige
Säcke Zement, zurückzugeben.

Das Projekt geht jetzt in die Stahlphase über,
heißt: Stahlträger ordern und die Sache
erstmals ruhen lassen.

Die Fuchsgeschichte Deiner ehemaligen
Hüttennachbarn finde ich faszinierend, - eine

schöne Verbindung zwischen den beiden Maurice und Fuchs. Auch eine Art von Vertrauen entwickeln und miteinandersein. Vielen Dank für den Clip.

Nun gönn ich mir ein Schläfchen zu Mittag, Dich an meiner Seite fühlend.

Heute Nachmittag geht´s noch nach WÜ einiges erledigen, vielleicht noch bei Fridolf vorbei zwecks Atelier, Werkraum. Oder morgen.

Mit Jorge habe ich nochmals telefoniert. Bett bezieht er für uns (zum Rumtoben) - mitgebrachte Bettwäsche begrüßt er. Er ist der Meinung, wir hätten einiges nachzuholen - auf 38 Jahre bezogen.
Good friends.
Fam.P., Lessingstr. 21

Umarme Dich, my Dear
and a happy day

In Vorfreude auf KörperGeistSeeleSpiritIntellekt HumorSpontanitätWärmeAppetitNeugier LebensfreudeLebenslustLiebe - 'einfach' auf Dich

Mit den Worten Deiner Englisch-Kollegin, Your new love and sunshine

11.03.23 E-Mail

Heho, my unique love and awesome sunshine!

Schön, von Dir zu hören.

Danke für die schönen Fotos und das Teilen Deines Großprojektes. Du bist genial!

Schaut schön aus, die starke Helfertruppe.

Bin heute auch etwas erschöpft unterwegs.

Die Schwitzhütte arbeitet und reift weiter nach und ich bewege mich gelassen durch die unterschiedlichsten Aufgaben.

Heute noch meine Fußpflegerin im Haus und neben einem Abendessen für eine Freundin noch eine Behandlung für sie auf dem Plan. Arbeiten wollen auch noch korrigiert sein. Wann?

Die Woche ist durchgetaktet und ich übe, sie ganz leicht zu nehmen, in großer Vorfreude auf Dich und uns.

Schmerzt Dein Rücken noch?

Ich kann abends auch auf die Ferne behandeln, wenn Du es magst. Brauche nur die Uhrzeit, wo Du liegst und die Stellen, die schmerzen ... und natürlich ein Gegenüber, das es sich vorstellen kann.

Ich liebe Dich sehr, Henry und es ist schön, Dich so nah bei mir zu wissen.

Schön, dass Dein bester Haberer so fein zu uns hindenkt. Recht hat er. Smiley.

Wie wäre es, wenn wir uns am Samstag mal ein Tuch um die Augen binden. Einander nicht mehr klassisch sehen, sondern den Fokus auf das Fühlen legen?

Du weißt schon wo ... auch als Vorübung für das Dunkelrestaurant an Deinem Geburtstag.

Umarme Dich gaaaanz fest und lass Dich nicht los, bis die Kraft schwindet, bleibe aber weiter an Dir kleben.

Deine Angel

11.03.24 E-Mail

Mon amour

Du schreibst mit so viel Nähe zu mir hin, aus Deinen Worten und zwischen den Zeilen steigt Deine Liebe, steigst Du mir entgegen, umfängst mich, führst Deine Lippen auf meine. Das ist fast schon real!

Ich liebe Dich, Angel, Dich! H.

Interessant, dass Du das Verbinden der Augen vorschlägst, ich dachte ans Sehen.
Mein Gedanke ging zur unverhüllten Nacktheit, erforschensehenoffenbaren.

Aber das können wir auch auf wärmere Monate verschieben. Augen verbinden, probieren wir. Touch, taste, ... und sicher stolpern wir dabei auch über unseren Humor. Mit den anderen Sinnen erkunden. Ungehemmter und offener - ist dies Deine Überlegung?

Habe immer wieder die Beisetzung des jungen Mannes gedacht, die Du so nah begleitet hast. War diese nun schon oder steht diese noch aus?

Erzähl mir davon, von Deiner Begleitung der Familie.
Bin nebenbei mit der Chili-Ölherstellung beschäftigt.
Augen brennen, Niesreiz, Atembeschwerden, - diese Charge wird wohl etwas schärfer.
Rückenschmerzen noch leicht vorhanden.
Aber meine Süße, ich glaube Du brauchst heute Ruhe ohne Fürsorge, ohne Fernheilung.
Gönne Dir Schlaf.
Ich umarme Dich, behüte Dich.
Sleep well, mylady

11.03.24 E-Mail

Oooooooohhhhh, so viele Nachrichten von Dir in so kurzer Zeit!!! JUCHUUUUU!

Soooooo große Vorfreude, Dich bald wieder nah bei mir zu haben ... und dann wenige Tage später mal ein Stück länger.
Meine Füße stehen nicht still, wenn ich Deine Worte im Stehen genieße!
Es wackelt nur so und grinst freudvoll und verschmitzt in sich hinein, das Weib. Danke fürs Auslösen dieser Bewegung.
Das kleine Mädchen in mir hüpft im Kreis.

Der Abend hier war schön,- mein Essen, Bärlauch-Nuss-Mischung mit Nudeln und Salat, wurde mit Genuss von meinen Gästinnen und meiner Fußpflegerin verzehrt.
Ich freue mich, dass ich wieder Zeit zum Kochen habe.

Es werden keine Arbeiten mehr korrigiert.
Der März hat es in sich: Viele Geburtstage von
Menschen, die ich liebe und einige Tage, an denen
Abschiede und Frühling zu feiern sind.
Die Aussegnung von Pierre ist übermorgen am
Mittwoch, am Todestag meines 1. Ehemannes! Zufall?
Schön ist es, die beiden, Mutter und Tochter zu
begleiten, wie Dich,- es ist unbeschwert für mich und
ich bin dankbar für meine unkomplizierte Art, wenn es
darauf ankommt.
Dagegen kann ich an einem in mir unaufgeräumten Tag,
aus belanglosen Gründen, gereizt sein.
Gut, dass es von diesen Tagen nicht mehr viele gibt.
Mögest Du wenige davon erleben. Ich lass sie gerne
aus. So viele Schatten brauche ich nicht mehr.

Ja, Du hast recht, wir wollen ja auch *das Einander-in-die
Augen-sehen* lernen und uns ineinander widerspiegeln.
Damit können wir im *Schall und Rauch* in München
gerne beginnen.
Ich freue mich auf unser spannendes und
abwechslungs-reiches Leben ... Es flackert so viel
Freiraum - wie noch nie dagewesen - durch.

Werde jetzt ins Bett hüpfen und vor dem Einschlafen
noch zehn Minuten meinen starken Mann energetisch
behandeln.
Das schaffe ich ohne Mühe.
Ja, das meine ich,- blind fühlt sich klarer und
unabgelenkter an. Mensch sieht dann besser mit dem
Herzen.
Ich bin gespannt, wie lange wir es aushalten.

Lege mich gleich zu Dir.

Schlaf gut und begegne mir im Traum,
Deine Dir verbundene Frau

14.03.24 E-Mail

Bon soir Madame, geliebtes Weib, my dear
ANGEL

Du hörst Dich etwas müde, erschöpft an.
Du hast heute sicherlich sehr viel von Dir
gegeben, hast Menschen mit Liebe geleitet,
geführt, gehalten und Pierre einen guten
warmen Platz in den Herzen der Menschen
bereitet. Engelsgleich. Neben meiner Liebe
sende ich Dir noch meine Bewunderung, feiere
Dich als großartigen Menschen, meine
wunderbare Frau.

Der junge Mann sieht etwas abgekämpft aus
auf dem Gedenkfoto, ein sensibler, vom Leben
Gezeichneter.
Erzähle mir, wenn wir uns sehen, vom Ablauf,
Deinen Worten und Deinen Gefühlen. Wie
gehst Du mit der Trauer um Dich herum um, -
wie verarbeitest Du ... und konntest Du Mutter
und Tochter gut ziehen lassen nach dem
Abschied von Sohn und Bruder?

Vergangene Nacht habe ich einen weiteren
Abschied genommen von den Eltern, von den
vielen gemeinsamen Stunden im Schloss.
Bin mit etwas Bahnunterstützung auch gut
zurück ins Taubertal gekommen.
Am Abend war noch Schwimmen dran,

nachdem ich am Nachmittag bei Fridolf war - habe nun einen Raum, ein Atelier. Der Vormieter muss noch seine Restmaterialien abholen, und bei Gelegenheit gieße ich mit Fridolf den noch zu ergänzenden Estrich ein. Aber im Grunde kann ich jederzeit meine Utensilien einstellen und auf den fertigen 40m² anfangen.
Es wirkt noch kahl, aber wenn ich erstmal drinnen bin, wird das schnell mein Space - für einen überschaubaren Zeitraum. Freu mich darüber.

Mit meinem Chef habe ich einen Gesprächstermin am 27., er ist derzeit noch in Alaska.

Bin auf dem Weg, ein Weg, der mich auch immer näher zu Dir führt. Nicht Unabhängigkeit ist das Ziel; Ziel ist ein gelebtes verbindliches Uns zweier Seelen, die miteinanderschwingen. Eins und zwei sind.

In manchen Momenten beschleicht mich die Furcht, ich könne es vermasseln, - doch mein Mut und Glaube vertreiben das Finstere, - es ist dem Licht der Zuversicht, der Liebe nicht gewachsen.
Sei mir geliebtes Web, Frau, Partnerin, Seelenmensch, eine aufmerksame Begleiterin, sei mit mir zusammen Pfadfinderin für unser Miteinander, in dem Platz sein soll für Liebe Achtsamkeit Vertrauen Zugewandtheit

Offenheit, - und nur für so viel Gewohnheit wie es deren Unterstützung dient.

Wie ich Dir liebender Mann und Pfadfinder sein will.

Diese Gedanken sind gerade da, sie haben keine Schwere, nein anders, sie haben nichts Beschweren-des, eher eine Leichtigkeit ... finde jetzt nicht die richtigen Worte.
Danke für die Begleitung am Freitag. Ich weiß, dass Du bei mir sein wirst.
Begehe so mit Euch den Geburtstag Deines verstorbenen Mannes.
Wollte Dir nur einige Zeilen zur Nacht senden, wurde doch etwas umfangreicher.

Ich schmiege mich zu Dir, halte Dich und bin glücklich, Dich in meinen Armen schlafen zu sehen.
Kiss and love
Dein Mann

PS. Freu mich sehr auf Dich.
Wird der Sa stressig bei Dir?

18.03.24 E-Mail

Guten Morgen, mein immer wieder auch frecher Verführer,

Ich habe eine Matratzenlagernacht mit meinen Erlanger Enkeln hinter mir. Die zweitgeborene Enkeltochter Lena wollte ganz nah zur Yaya, so nennen meine Enkel mich - auf Griechisch OMA.

Der Erstgeborene Leon kam dann auch.
Es war cool, am Morgen die Erste sein zu dürfen, die
dem Geburtstagskind Lena gratulieren und sie besingen
durfte.
Meine älteste Tochter war schon auf dem Weg zur
Arbeit. Ich durfte also die mütterliche Absenz ein wenig
ausgleichen.
Jetzt sitze ich im Wofli vor dem Kindergarten von Lena,-
alle Familienangehörigen sind an ihren Tagesplätzen,
bis sie sich nachmittags wieder zum gemeinsamen
Feiern bei ihnen zuhause einfinden.
Ich vermute, Du trinkst schon den zweiten Kaffee und
sinnierst zwischen dem, was auf Dich an Aufgaben
wartet immer wieder kurz auch lächelnd zu mir/ uns
hin.
Küsse Dich und danke Dir, wenn Du mir außer Dir noch
"meine", an Dich versandten, Briefe aus 2023/24
mitbringst, damit ich mein zweites HENRY-Projekt
rechtzeitig fertig stellen kann.

Deine für Dich brennende ANGEL

19.03.24 E-Mail

Bon jour geliebtes Weib

Zwischen Blutabnahme und Weiterfahrt auf
den Bernerhof ein kurzer Stopp in der 14.
Tolles Foto von Deinen Enkeln. Sehen nach
einer glücklichen Kindheit aus.
Mit meiner Enkeltochter konnte ich gestern vor
ihrer Rückfahrt auch noch Zeit verbringen,

mitspielen und schiefem Turmbau zu
Duselhausen. Very funny.

Auch ich habe unsere Zeit in München sehr
genossen, mit meiner sexy schönen klugen
liebenden Frau sein zu dürfen. Merci.

Freu mich auch sehr auf Donnerstag. Bis dahin
wünsche ich Dir wunderbare erfüllte Tage mit
wiedergefundenem brain in der Arbeit, mit
Deinen Menschen, der Natur, Deinem Selbst
und Deinen Gedanken zu uns hin.
Meine werden auch so sein.
Mit einem breiten inside outside smile

K+h, ich liebe Dich, Henry

19.03.24 E-Mail

Bon soir, mein Geliebter,

Ich bete, danke und schiebe fleißig Wolken mit Dir für
unsere einzigartige Zeit in Südtirol und bin offen, mit
Dir bis zum Gardasee dafür zu fahren.
Wir brauchen nicht nur Sonne in der Zeit, die für UNS
kommt.
Wir werden auch mal Regentage feiern, um uns in
unserem Bett, welches auch immer, breit zu machen,
uns zu lieben, miteinander oder alleine zu lesen, zu
essen und zu trinken, künstlerisch in vielfältiger Weise
tätig zu werden, Dich zu behandeln und vieles mehr...
wir sind beide kreative Geister und können uns
vielfältig vom Acker machen.

Sehr schöner Turm ... mit der Gliederpuppe obendrauf und dem strahlenden Enkelkind vorne dran.

Sexy, schön, klug, liebend ... hmhm ... ich muss schauen, dass ich beim Baden in Deinen Worten nicht ertrinke .... Du wirst mich retten.

Heute habe ich mich bei einem kurzen Spaziergang in der Pause in Deine Arme fliegen sehen. Was für ein Gefühl, - ein Mann, der mich tragen kann und dem ich zutraue, dass er mich halten kann. Hat sich großartig angefühlt.

Hatte heute Abend zwei leichte systemische Aufstellungen, trotz weniger Stellvertreterinnen. Ich mag das Schlichte, Unkomplizierte darin immer mehr. Lösungen dürfen leicht sein.

Freue mich sehr auf Deine Erwartungslosigkeit bzgl. unseres Wiedersehens und dem Dunkelrestaurant. Wieviel Zeit bringst Du mit? Montag, Dienstag?

Liebe Dich und schicke Dir zarte Küsse auf die Stellen, die noch ungeküsst sind.

Schlaf gut,

Dein Weib Angel

PS.: Große Hochachtung für Deine Hitler-Skulptur, die ihn als naives Kind darstellt. Ich meine die Figur schon einmal gesehen zu haben.

21.03.24

Bonjour et joyeux anniversaire, mon chèr homme,

Ich freue mich sehr, Dich später zu sehen, zu lieben, zu feiern und und und ... Smiley. Anbei die Tageslosung für Deinen Ehren- und Bestimmertag.

Wenn es Dir Freude macht, kannst Du den Gedanken ja mal für das kommende Lebensjahr philosophisch betrachten und später mit mir diskutieren. Eine Weisheit aus China: DAS LICHT, DAS FÜR SICH SELBST LEUCHTET, IST FINSTERNIS. Die Ergänzung aus dem Orient gibt eine klare Haltung wieder.

Bis später!

In Liebe, Dein Weib, Angel, Dein Glück, ... wie auch immer Du mich heute nennen magst ... hab eine unbeschwerte und gute Anreise. Bin in Gedanken schon jetzt bei Dir und schlürfe - leise in mich hineinkichernd und fröhlich aufgeregt - einen frisch gekochten Kaffee mit Dir... eine Frage in mir ... wann berührt er mich wieder und taucht mit mir ab in neue Welten? ...

21.03.24 E-Mail

Mein Engel, bon jour ANGEL

Wunderbares Geburtstagsständchen. Merci dafür. Vielmehr aber noch für Deine Liebe.

Das beste Geschenk heute ist, zu Dir fahren zu dürfen, zu können, miteinander zu sein, um uns zu feiern.
Auf das Dunkelrestaurant bin ich aber auch sehr neugierig.
Bist Du wieder mit dem bike unterwegs?
Dann könnte ich Dich abholen an der Schule, am späten Nachmittag, und sehe Deine Schule, Deine Wirkstätte, den Ort an dem Du so viel geschaffen hast ...
Umarme und küsse Dich, liebe Dich
Henry

25.03.24 zum Abschied an Angel als Brief auf dem Bett hinterlassen

My Dear, geliebte kluge und starke Frau, Angel, geliebtes Weib, wildes Huhn, schöne Frau mit dem herrlichen Strahlen und dem wunderbaren Kichern.
Habe mir erlaubt, nochmals Deinen Schlafplatz zu wechseln, vielleicht willst Du noch eine Nacht in unserem Bett nachklingen lassen.
Es waren wunderbare Stunden zu Zweit und zu Dritt mit meinem Bruder Claude, sowie innigste Stunden der Zweisamkeit mit Lust und Leidenschaft, begleitet vom selbstverständlichen Miteinander.
Danke für die Einblicke in Dein Lernbegleiter/innen-Abendprogramm [Megawort!] und in Deinen Fahrradweg zur Arbeit,- habe ihn genossen an Deiner Seite.

Wir leben keinen Alltag im herkömmlichen Sinne.

Wir switchen hin und her in dem Raum des Anderen [, der auch Stück für Stück Raum von beiden wird] oder in einem neuen Space, der kreiert wird aus der gemeinsamen Bewegung. Man könnte meinen, unsere Liebe verläuft in vom Alltag losgelösten Séparées. Dem ist natürlich nicht so, denn zwischen den Ereignissen nutzen wir die Zeit für eine stillere Art der Verbundenheit. Mein Bild dazu: Unsre gemeinsamen Szenen gleichen einem Daumenkino, indem aus Einzelbildern durch Bewegung ein Ablauf, ein Fluss entsteht und letztlich ein Film, der eine durchgehende Verbundenheit, Zugehörigkeit erzeugt. Ich nenne es mal „unseren Alltag". Zu viel Pathos?? Wie auch immer, ich liebe Dich und freue mich auf unser nächstes Date am Samstag.

Kiss you, love you, HENRY

26.03.24, 9 ^{00} h *Handgeschriebene Zeilen am Tisch bei Angel*

Hallo meine Liebe, geliebte Angel, geliebtes Weib und Rehlein,

Hoffe, Du hattest einen schönen Tag und kannst nun den vergangenen gemeinsamen Tagen mit Freude und Seligkeit nachspüren.
Bei mir fängt dies schon an, erfüllt mein Herz mit Freude, Glück und Dankbarkeit. Eingebettet in Liebe.
Verlasse jetzt Deine Wohnung mit Vorfreude auf

DICH [in 3 Tagen] und viel Energie.

Vielen Dank für Dich, Dein Mann

26.03.24 E-Mail

Hallo Süße,

Hab hier ein schönes Plätzchen entdeckt für ein kleines Schläfchen, bevor es weitergeht. Wäre auch sehr geeignet für ein A/H-Stündchen zwischen Memmingen und Ulm an einem netten See.
Liebe Dich.
Happy day, Your man

26.03.24 E-Mail

Danke für Dich!!!

... Deine Kastanie gedeiht

... Deine Liebe zu mir, Dir und uns wächst beständig

... Dein Rehlein ruht und übt sich in naher Zukunft weiter an Deiner Mutters` Gewürzhörnchen

... Dein kreatives Potential und Dein Potential, glücklich zu sein, ist schon auf dem Weg.

Gerne werden wir die Familienaufstellung mit Deinen Eltern und Deiner väterlichen Linie machen.
Sehen wir uns am Freitag in Deinem Atelier oder in der 14?

Ich freue mich sehr

... auf das weiter einander Erkennen im Anderen,

... das viele Lachen und leicht mit Dir sein können

... das auch mal schwer sein dürfen und die Qualität darin finden....

... Deinen Bus, den, noch einräuchern mit "starkem Schutz", wenn Deine Freundin ihn weiterfährt

... Deine Stimme und Deinen Mut, Dich auf diese Liebe mit uns einzulassen und sie mit mir und anderen zu feiern.

Du machst mich noch glücklicher als man im Paradies sein kann. Wie geht das?
Schlaf gut.
Ich klammer mich an Dir fest, ohne dass es klebt. Angel

27.03.24 E-Mail

Bon soir, magische Zeichensucherin

Ja, Quersumme 18 erkannt.
Eine Zahl, die ich im Spirituellen, Religiösen nicht deuten kann. In meiner Welt erfährt sie auch keine große Beachtung - da nicht 22, nicht 21 und Primzahl sowieso nicht.

Bei rechten Gesinnungen steht die Zahl für die Anfangsbuchstaben des faschistischen Tyrannen, aber das vergessen wir mal.

Dann siehst Du das Zeichen in unseren Initialen, die ich heute erst erwähnte, im Kontext

Schäferstündchen.
AH, Angel + Henry, 18.

Zeichen oder Zufall, ich glaube, dass unsere
Verbindung von Wohlgefallen, Zustimmung und
Segen begleitet wird.

Schilder mir doch bitte nochmals Deine Planung
für das WE. Du hast weite Strecken zu fahren, ich
würde mir wünschen, dass Du Dich darauf
vorbereitest, für Dich gut vorsorgst, ausreichend
Pause machst ...
Sorry, wenn meine Fürsorge schon leicht
übergriffig erscheint, aber wir haben hier ein
Zeichen erhalten.
Vermutlich nimmst Du dies stärker wahr als ich,
doch im Alltag geht Achtsamkeit schnell mal
verloren, da weiß ich, wovon Ich spreche.
Hast Du Zeit morgen Abend für ein Telefonat?
Geht bei mir aber erst nach 20 h.

Bin ganz bei Dir und fühle Dich bei mir.
Schlaf gut und träum schön

Kiss and hug and love HENRY

28.03.24 E-Mail

Guten Morgen, mein geliebter Mann, HENRY!

Du bist einfach von uns beiden der stärkere und
schwäbischere Teil.
Ich bin neidisch und begeistert zugleich. So günstig bin ich
noch nie nach Griechenland geflogen.

Ich freue mich sehr auf uns. Ich hoffe, Du hältst nun nicht nur mich, sondern auch meine bunte Familie aus, denn Thassos im Mai ist mehr Familien- denn Liebesurlaub zu zweit.
Wir werden uns die Momente pflücken müssen und dürfen.
So eine Freude!

Küss Dich wach mit Zitronengeschmack im Mund und ... bin heute nun sehr verliebt neben Dir, Deinen Festool-Maschinen und dem Namenlosen, in das Wort MORGEN ... Adverb, genauer gesagt.
Dein sonnenhungriges und wasserliebendes Weib liebt Dich mindestens bis zum Mond und wieder zurück.
Hab einen wunderschönen Tag, Deine Angel

28.03.24 E-Mail

ANGEL, Geliebte, Partnerin, Rehlein, Zeichensucherin, Weib, Gefährtin, Seelenmensch ...

Schön, dass die Wandlung der Adverbien so unaufhaltsam vonstattengeht, und nach dem übermorgen, das morgen schon fast zum heute transzendiert.

Neue Location in Form des Bernerhofes in Unserem Leben, spannend!
Wie das wohl wird; wenn wir uns 2 oder gar 3 Wochen nicht sehen und spüren?
Da waren wir zwar schon, doch vom "Jetzt" betrachtet, wird das schwer aushaltbar,

die Sehnsucht, die da kommen wird, lässt mich
schaudern ...
Ahh, ungelegte Eier ...- es wird Lösungen geben
... und wo nicht, sind wir stark genug.

Süße, freue mich, Dich morgen endlich
wiederzusehen, Dich am Samstag zu spüren und
am Sonntag immer noch miteinander sein zu
können.
Das Leben ist uns gerade ein Fest.

Fühl Dich innigst geküsst und geliebt
HENRY

29.03.24 E-Mail

HEUTE:

H ENRY
E RNTET
U NFASSBAR
T RAUMHAFTE
E RFAHRUNGEN MIT SEINER SÜSSEN

GUTEN MORGEN, MEIN WUNDERSCHÖNER GELIEBTER
MANN, HENRY!

ICH LIEBE DICH SOOO SEHR UND BIN UNBESCHREIBLICH
DANKBAR, DASS WIR 38 JAHRE ZEIT HATTEN, UNS
PARALLEL AUFEINANDERZU zu ENTWICKELN, UM DAS NUN
MITEINANDER LEBEN ZU KÖNNEN UND TIEFER
EINZUTAUCHEN IN EINE EINZIGARTIGE LIEBE, DIE FÜR UNS
BESTIMMT IST.

Liege noch verträumt und in großer Vorfreude auf Dich
und uns und alles, was kommt, im Single bed und schaue
Dir mehr als sieben Minuten in die Augen. Da sehe ich
soooooooo viel LIEBE, die lesbar ist, dass es schmerzt.

Wir werden immer Wege finden und Brücken kreativ
überqueren, bis wir ineinander verschmelzen. Das
Voneinander sich dann wieder lösen, werden wir nach und
nach lernen, weil es wesentlich sein wird bei solch zwei
eigensinnigen Individualisten, die dennoch zur großen
Liebe fähig und bereit sind.

Ich freue mich auf Deine Skizze für mein rechtes
Fußgelenk,
an dem ich auch noch ein bis zwei Linien hinzufügen mag.
Jetzt aber flott aus dem lauschigen Bett und fliegend in
Deine Arme!

Küsse Dich sanft vom Nacken zu den Ohren, den ganzen
Rücken hinunter bis zu den Fersen wach.
Dein Kaffee duftet am Bett,
HEUTE ... LIEBE Dich

Deine Angel, WEIB,
die sich auf Dein Atelier mit Dir darin freut ... auf der Suche
nach Liebesnestern dort und in der Umgebung. Smiley

01.04.24 E-Mail

ANGEL ...

Vielen Dank fürs Kümmern und Anteilnehmen.

Meinem Freund Jolle habe ich die Informationen Deines Arzt-Schwagers weitergeleitet. Wir werden morgen telefonieren, Fragen ausräumen und schauen, was für ihn die nächsten Schritte sein könnten.

Meinem Jüngsten habe ich den Link weitergeschickt. Mein Gedanke ist, dass er für sich diese Informationen erschließt, ich parallel, und in der Folge wir ein Gespräch führen, das sich auch an Deinen drei Fragen orientiert. Ergebnisoffen.

Es tut schon weh, Dich so fern von mir zu wissen. Die Zeit mit Dir ist einfach so ... - unmittelbar und ganz. Dieses wirklich zu beschreiben - mit Worten - will ich gerne einmal versuchen. Es offenbart sich Dir im Miteinander, ja, da spürst Du uns und unsere Gegenwärtigkeit. Vielleicht kann ich es auch mittels der Kunst kommunizieren. Aber noch nicht heute.

Heute kann ich nur sagen, dass ich Dich liebe. Aber neben unserem WIR gibt es auch noch die persönlichen Felder, die unserem Sein, unserer Entwicklung dienen, u.a. die Beziehungen zu Menschen: Lebensfreude und Liebe, an denen wir andere teilhaben lassen.

Unser Leben ist reich und voll, aber der größte

Schatz darin ist Unsere Liebe, Unsere
Zugewandtheit, Unser Strahlen. Vielleicht ist das
auch UNSERE Aufgabe.

Mein jüngster Bruder hat seinen Zug verpasst und
fährt nun mit dem bike von L. zurück,- muss nun
doch bei mir übernachten. Soll wohl so sein. Er
hat schon herzliche Grüße aufgetragen, aber ihr
steht wohl eh in Kontakt
(siehe Gewürzhörner)

Wo darf ich Dich heute verorten? - in Berlin oder
noch im Fränkischen.
Grüße Deine Familie, wo auch immer.
Bin sehr froh, Deinen wunderbaren Töchtern
begegnet zu sein, deren Kindern und Männern
und weiterem Kontext. Ein weiterer Schritt. Ein
guter Schritt.
Mon Frère ist eingetroffen, ein
Gutenachtgespräch noch ...
Dir einen Gutenachtkuss, - mmh, lieber ein
Gutenachtgeknutsche

Vermisse Dich, küsse Dich with a lot of love,
Mylady

HENRY

01.04.24 E-Mail

Guten Abend, Liebster!

Ja, bin seit heute Nachmittag um 15.30 Uhr in Berlin und
liege gerade nach einer Behandlung meiner Mutter und
kleinen Nachtradltour durch den Prenzlauer Berg und
Mitte mitten in der Stadt, in der Nähe des Mauerparks
kuschelig gemütlich in meinem Wofli-Nest und genieße
meine Wilde.

Man denkt, ich liege im Hotel, wenn ich schon nicht bei
ihnen in der Wohnung nächtige,- Wortlaut meiner Mama:
"Sind wir denn so schrecklich?"
Ich mag aber lieber hier sein, so frei und gefühlt, Dir ein
wenig näher,- mag weniger Luxus und mehr Individualität
... fühlt sich wunderherrlich an.
Und hecke Pläne aus, wie ich noch zusätzlich einen
weiteren Abend mit Dir von Mittwoch auf Donnerstag
"rausschinden" kann.

Ich weiß genau, was Du meinst mit UNS - wenn wir
zusammenschwingen - es hat eine Wirkkraft nach innen
und außen,- ... fast will es keine Worte finden in mir/ in
uns,- ... so anmaßend könnte es klingen - ... da würde die
Demut eventuell infrage gestellt werden.

Da passiert etwas mit uns, das ich GNADE und SEGEN in
Kombination nennen mag, welche die Menschen mit
berührt,
die dafür offen sind.

Meine Töchter, Enkel und Schwiegersöhne hat es definitiv
erreicht ... meine Jüngste sagte mir heute Morgen, dass sie

uns zwei unheimlich stimmig im Zusammensein
wahrnimmt.

Dein jüngster Bro hat mich heute nun von seiner Seite aus
in Eure Familie aufgenommen ... wegen der
Gewürzhörnchen. Alles war heute etwas anders bei Euch.
Wolltet Ihr nicht ins SCHLOSS zum Auswählen von Dingen
und gemeinsam kochen?
Ich finde Deinen Bruder großartig.
Umarme ihn von mir und sag ihm, ich back ihm noch ein
Gewürzhorn, das dann wirklich Horngröße hat. Wann hat
er genau Geburtstag?
Wäre also ein Überraschungsbesuch am Mittwochabend
mit Einladung von mir in Dein Lieblingslokal für Dich
vorstellbar?
Oder bist Du schon verplant? Würde auch im Bus schlafen,
um Dich nicht zu stören.
Viel Spaß morgen auf dem Bernerhof und grüße an all
Deine Lieben. Gute Idee, Deine Vorgehensweise mit L. ...
Du kannst nichts falschmachen als A-Engel.

Schlaf gut, Henry mein Schöner ... wir sind tief verbunden
... auch wenn es manchmal doll schmerzt.

Deine Angel,
die in großer Vorfreude noch von Dir auf Händen getragen
werden will. In echt.

08.04.24 E-Mail

Bon matin, mon homme,

... kommt von Hommage, ... ich ehre Dich ... - ist oft das,
was unterwegs immer mal wieder in Partnerschaften

bedroht ist,
auf der Strecke bleibt, ... darf ausnahmsweise das ein oder
andere Mal menschlicherweise <u>kurz</u> aus dem Blick
geraten, weil jedi (hier meine genderweiterentwickelte
Form von jedes/ jede/ jeder) mal einen schlechten Tag hat,
... - darf aber nie zur Gewohnheit werden,- ... lieber
verzichten auf Späße auf Kosten des anderen, ...- also
HOMMAGE.

Chèr Henry,
Habe einen wunderschönen Tag. Ich hüpfe mittags in die
Fluten eines Sees und spüre dabei das wunderschöne
Prickeln danach.
Der heutige Tagesgedanke will geteilt werden ... - sehr
passend und fein für JEDI.

Umarme Dich und sende hugs, kisses und glucksendes
Lachen am Morgen.
Dein schwimmendes Entlein liebt Dich!!!

09.04.24 E-Mail

Krass. Bewundere Deine Entschlossenheit bei der
Umsetzung von Ideen. Deine Lust auf andere
Wege.
Bin gespannt, was Du mir berichten kannst.

Mein Bett riecht noch nach uns und unseren
Aktionen. Dein Lavendeltraum, Dein schönes
Kleid, hängt mir gegenüber, und so bin ich noch
ganz von Dir umgeben - denke voll der Liebe zu
Dir hin. Henry

E-Mail am selben Tag

Buona notte, my dear, mein verehrtes Weib,

Sie sind zuinnerst bewegt und könnten
zerspringen vor Freude. Sie nennen sich selig und
sind es auch.

Da seh ich uns. Will demütig sein, also formuliere
ich:
Wir sind da auf dem Weg.
Besten Dank fürs Teilen, wunderbare Dienstags-
gedanken.
Wollte heute in unseren Briefen, dem Riss im
Raum, der Tür, die sich zeigte. nachspüren.
Wir sind durchgegangen - und noch weiter,
Räume, die weit, warm und klar, beherbergen
uns und bereiten uns auf Kommendes vor.

Die Briefe sind noch bei Dir, also kommt das
Vorhaben in die Kammer.
Wie war Dein Tag? Erzähl mir davon.
Meiner war arbeitsintensiv:
Karbonisierte Fassadenschalung angebracht und
am Abend noch in Duselhausen die alten Träger
ausgebaut - Haus steht noch, Tag war
erfolgreich.
3 Fotos zur Begleitung.
Versenke mich in Deine Augen und erkenne Dich
und mich, jedi.
Feiere Dich hier im Bett liegend ein weiteres Mal
für Deinen ersten Liebesbrief, den Mut diesen
abzusenden. Merci!
Kiss and hug and LOVE, MYLADY
Your man

09.04.24 E-Mail

Bon soir, mein wunderherrlicher Mensch,

Bin am Morgen mit warmen Gedanken zu Dir hin, Dein
Arbeitsshirt an mich gepresst, die Nase an die linke
Achselgegend fest angedrückt, sanft in den Dienstag
gestartet.
Darüber sinniert, dass gleich heißer Kaffee an meinem Bett
steht.
Wofli in die Werkstatt gebracht und abends wieder
abgeholt ... nun mit Sommerreifen darauf und einem
neuen Federbeinlager links. 350 Euro von einem Konto
aufs andere geschoben ... das Geld ist immer noch da ...
nur der Besitzer hat gewechselt.
Sitze hundemüde in der Küche und beobachte mich dabei,
wie mir sekündlich die Augen zufallen.
Das Tippen fällt schwer, aber ein Zeichen noch pro Tag will
ich versuchen, Dir zu senden.
Schöner und ausgefüllter Arbeitstag, viel Bürokratie und
kluge Worte. Mit der Oberstufe 9 das Kind Hitler
besprochen ... Dein Werk hat imponiert.
Mit der Stufe 8 über die ersten Prüfungen in Klasse 9 und
die Berechnung des Notenschnitts gesprochen.
Kurzes Power-Napping im Silentium.
Mit Freddi gesprochen ... der Junge, der uns zum
Schuljahresende verlassen muss ... ihn motiviert, eine frei
gewordene Supervision wahrzunehmen. Dann Jugendliche
bei Saharasturm zum Bus gebracht.
Eine schmerzvolle, aber gute Supervision mit den Eltern
des Jungen gemacht. Es wird gut... aber es wird Zeit
brauchen ... ich will zusammen mit ihnen zuhause kochen
und der Schmerzkörper wird leichter. Und ihre Jungs bei

der Schulsuche unterstützen.
Kurz eingekauft und dann spontan mit Freunden aus
Kolbermoor zum Vietnamesen ... lecker ... Kurzer Stopp
dort noch und jetzt hopp ins Bett ...

Das Wichtigste zum Schluss:
Dazwischen immer wieder zu Dir hingedacht und mich
über unsere Liebe gefreut. Heute bin ich beim Ausmisten
der Mails auf Mails vom August 2023 von uns gestoßen ...
Ich finde, dass sie schon damals eine größere Hinwendung
sichtbar machen ... auch die Mails davor waren von einer
großen VERBUNDENHEIT geprägt, nur eben noch
ungerichtet.
Jetzt hüpf ich schnell ins Bett und träume von Dir!

Kuss, Deine Angel

12.04.24 E-Mail

Hey, mein Y-man, HENRY, rotbärtiger Mann vom Planeten
Argon, wilde Frohnatur.
Große Freude über Dein KINDSEIN heute und weiter
werden.
Ich wäre gern auf dem Board mitgefahren, so auf Dir drauf.
Ich liebe Dich!

Manchmal habe ich kurz den Gedanken, dass wir es
manchmal übertreiben mit unserer Wilde. Es ist schon ein
bisschen so, dass unsere Verliebtheit - das in uns eh etwas
Verrückte/ „Abgespacte" - verstärkt ... gefährlich
manchmal – wir wissen das – und machen trotzdem weiter
– schon ein wenig wie 15–20jährige, wie C. und meine
Kinder sagen ... wo wird es uns hinführen? ... ein kurzes

Glück, weil es soooooooooooo schön ist und sich einer von uns rausschießt ... so aus Versehen vor lauter Glück aus diesem Feld?? ... - in der für uns greifbaren Gegenwart, die ja dann doch schon wieder vergangen ist, ist es gerade in jedem Fall ein Fest mit Dir, mit mir, mit unseren Freunden, mit uns. DANKE! Ich bereue nichts, was auch immer kommt. Wir LEBEN!

Du scheinst auch einen wundervollen Tag gehabt zu haben, auch wenn Dein Tag mit Kopfschmerzen begann. Verspannt?

Sehr schöner Gedanke aus dem Jesusbuch: „Die in der Sexualität verborgene Urkraft ist etwas ganz Wesentliches. Sie ist ein edler Schlüssel für jeden Suchenden, der die Weisheit des Lebens mit der Geistes- und Herzensweisheit verbinden will.

„WILL ICH! WOLLEN WIR!

Mein Tag war auch wieder einer dieser schönsten Tage im Leben, die Weib nur hochleben lassen kann.

Oh, wie schön ist mein Leben und mit Dir nun einfach so unglaublich reicher, wärmer und wilder, dass ich es ab und an hinausrufen muss.

Ein Arbeits- und Freundinnentag geht dem Ende zu. Zwischen den Schleif- und Grundierarbeiten war ich mit meiner Freunden Christine mit dem Rad am Hofstätter See. Wir konnten mal endlich richtig schwimmen. Der See ist schon „warm". Unglaublich! Du MUSST am Freitag mit mir hinein. Der Happinger See gestern war deutlich anspruchsvoller, - man spürt nun täglich die Veränderung der Temperatur.

Danach spontan zum Kernerhof weitergeradelt, - einer meiner Lieblingsplätze zum „Verwöhnverweilen" gemeinsam mit Christine eine Quiche mit Salat und jeder einen Aperol Sprizz in der frühen, warmen Abendsonne genossen, leichtfüßig wie lachend zurück zur Arbeit geradelt und entspannt weitergearbeitet.

Meine geliebte Kollegin Ariana war auch da, die ihren Arbeitstermin mit mir dann spätnachmittags auf dem Pausenhof bei unseren Lackierarbeiten feiert. Dazwischen Gespräche über Liebe, Männer und Sex. Ich liebe unser gemeinsames Sein.

Meine Kolleginnen sind offen, so dass wir über alles sprechen können. Das ist wirklich unwirklich hier an dem Platz, den ich gebären und mit anderen schaffen durfte und der nun bald nicht mehr der meine ist. Ich freu mich, dass ich noch so viele Früchte ernten darf.

Es ist hier einfach auch so wunderherrlich, Henry - wir werden in der noch nicht fest terminierten gemeinsamen Zukunft auch immer wieder hier sein müssen.

Ich hätte Handwerkerin werden sollen. Lag in diesem Leben noch nicht im Gesamtprogramm. Gut, dass ich hier mit Dir wachsen kann und ich werde wachsen.

Das mit den Händen wirken, wird nun mehr und mehr meins, - auch wenn mir heute meine Grundierung nicht so toll gelungen ist. Der Wofli ist um ein Vielfaches hübscher geworden und sieht schon ohne die Farbe deutlich jünger und „fresher" aus.

Wo bist Du heute hineingehüpft? Warst Du in Deinem Atelier?

Ich werde Deine Arbeits-T-Shirts in jedem Fall konservieren müssen, denn die Post zw. D und GR ist miserabel. Schon jetzt wird der herrliche HENRY-Duft schwächer,- aber er hilft wirklich enorm, das KÖRPERLICHE zwischen uns zu bewahren. Ich glaube, ich muss so nicht mehr so doll fremdeln und kann Dir am kommenden Donnerstagabend gleich in die Arme fallen.

Noch 6 (nicht sex … verschmelz) Tage Geduld bewahren.

Jetzt wartet die Badewanne auf mich. Morgen kurz in die Pilze, dann Weiterarbeit am Wofli, zu Freunden ab 14:30, mit ihnen an und in den Kesselsee und am Abend kurz auf eine 40ger Party der Kindergärtnerin meiner Jüngsten.

Sonntag dann gegen 8:45 Uhr mit Deinem Bro in die Pilze.

Wird cool.

Küsse Dich nun an den Lenden, weil das Berühren alleine ja auf Dauer nicht weiter in die veränderte Bewegung bringt.

Smiley von der frechen Sorte.

Schlaf gut und habe es schön.

Deine farb-xe Angel

14.04.24 E-Mail

Hey, mein wunderschönes Wesen, HENRY,

Danke für das herrlich tiefe leichte fröhliche verbundene Telefonat mit Dir. Freue mich sehr auf Donnerstag und KÖRPER-GEIST-SEELE-HERZzentrierte Zeit mit Dir.

Küss Dich in den Schlaf und in den Morgen,
Deine Angel

15.04.24 E-Mail

Angel
Vielen Dank für den himmlischen Gedanken.
Deine Anteilnahme an meines Vaters'

Weitergehen bedeutet mir viel, merci auch dafür und dass Du bist wie Du bist - voller Herzenswärme.
Das Gespräch gestern Abend hat mir sehr gefallen.
Wir hatten einen solch kunterbunten Dialog, geprägt von großer Offenheit Vertrauen Humor Leichtigkeit und Liebe.
Hätte die ganze Nacht mit Dir telefonieren können - und das von mir.
Tolle Bilder von meinem Bro und Dir.
Der Fee im Bärlauchbett möchte ich sehr gerne Gesellschaft leisten und mich als dienstbarer Geist erweisen.
Wünsche einen entspannten Abend, Badewanne? - und lächle unserem Wiedersehen entgegen.
Heute gibts wieder Fotos
(Erst deinstalliert - dann App neu installiert. Success)
Umarme Dich, Mylady
KH×LOVE

15.04.24 E-Mail

Bon soir, mein Y-Man, HENRY,

komme gerade zurück vom leckeren Abendessen bei und mit lieben Freunden aus Brannenburg. Sie freuen sich so mit uns, über unsere Liebe und teilen unser Glück, was mich sehr berührt, denn Frieder war einer der engsten Freunde meines verstorbenen Mannes.
Es gab ein herrlich leckeres veganes Menü, natürlich auch

mit Morcheln für mich und uns.

Anbei ein neuer leckerer Speisepilz für uns zum Finden. Heißt Schwefelporling und hat eine tolle Bissfestigkeit und feinen Geschmack. Riecht im nicht gebackenen Zustand nach feinem Honig. Frieder hat mir für uns noch welche mitgegeben.

Wir haben viel auf Dich und mich und UNS angestoßen.

Die Abendkerze brennt für Deinen Pa. Ich werde noch ein wenig arbeiten.

Bilder sind leider keine angekommen, dafür meine Morgenmail von mir an Dich wieder zurück. Ärgere Dich nicht.

Alles wird sich bald lösen.

Hab die Woche viel zu tun. Einiges habe ich vor mir hergeschoben. Die Liebe zu Dir verändert mich ... ich werde freier und ungebundener in vielerlei Hinsicht, während sich das Band zu Dir hin vertieft und weiter farbenfroh verwebt.

Wenn meine Nachrichten diese Woche eventuell etwas kürzer ausfallen, verzeihst Du mir ... - Es schmälert die Liebe, die ich für Dich empfinde, nicht im Geringsten.

Es vergeht keine Stunde, in der ich nicht an Dich und uns denke, ... immer wieder flatterst Du hinein ... Es ist stets ein wundervolles Gefühl und richtet mich auf. Danke für Deine Liebe und Dein Vertrauen!

Schlaf gut und träume von mir ... Ich hauche und flüstere in Dein linkes Ohr: "Ich will Dich!"

Dann knabbere ich Dir am Ohrläppchen, bis Du die Schultern lachend nach oben schiebst.

Deine Angel

16.04.24 E-Mail

Bin gerade zu Mittag auf Deiner Stufe 6 -
Heizdecke und erwärme den durchfrosteten Leib.
Aprilwetter.
Doch ganz und gar kein Vergleich zu Deiner
Hitze, die ich schon bald wieder spüren darf:
Haut auf Haut, Zunge neckt Zunge, Körper in und
um uns herum. Freu mich sehr auf Dich!
Deine Nachrichten, E-Letters sind immer Boten
der Nähe, der Liebe, und sind sie mal seltener,
lese ich Vorangegangenes erneut, fühle mich Dir
ganz nah und geliebt.
So lässt sich mit den Gedanken und dem Sehnen
zu Dir hin leben, ohne dass ich ganz der
Sehnsucht verfalle.
Fühle Dich geküsst und geliebt von mir
Dein Y-man

PS. Fotos von der wöchentlichen Baustelle und
ein Woistdas?-Foto

16.04.24 E-Mail

Starke Arbeit im Bernerhof!

Was Du am Fachwerkhaus machst, scheint klar, bedarf
aber mehr Erklärung für das noch unwissende
Rehschäfchen. Aber ich erahne, warum Du durchgefroren
bist.
Gut, dass die Heizdecke ein wenig überbrückt, bis ich Dich
wieder überhitze. Ach, wie ich mich nach Dir sehne!
Der Geruch im T-Shirt verfliegt zunehmend. Gut, dass ich

nur noch zwei Nächte ausharren muss. Heute bin ich über Nacht in Nürnberg wegen morgiger Verwaltungstagung. Du fehlst. Freue mich sehr auf UNS. Deine Süße, die Dich furchtbar gerne neckt. Smiley

16.04.24 E-Mail

Noch zwei Nächte, my Dear

Schlaf gut in Nürnberg, im Enkelzimmer?
Küsse Dich an der Kuhle, die ich so mag und etwas weiter oben, etwas mehr am Halsansatz an der Stelle, die Du so magst - und so wunderbar vertonst. H.

18.04.2024 Handgeschriebener Eintrag von Henry auf der letzten Seite des Buches DIE WEISHEIT DER LIEBE. Eine Philosophie der Lebensfreude von Albert Kitzler,
auf dem Kopf geschrieben im Zug auf dem Weg zu und für Angel,- aus dem Henry er für sie an der Promenade im Januar 2024 in Arcachon las. [siehe Cover]

Geliebte Angel,
Fast vier Jahrzehnte haben wir uns in Freundschaft begleitet, mal näher, mal ferner. Nie hätten wir eingeräumt, dass daraus mal mehr wird,- sich diese Freundschaft, die Liebe zwischen Freunden, wandelt in eine partnerschaftliche Liebe,

eine Liebe zwischen Mann und Frau, in der sich unsere Körper kennenlernen, wir uns berühren, küssen, uns vereinigen, uns nach wie vor ausprobieren, entdecken, uns finden und feiern.
Unsere Körper, unsere Herzen, unsere Seelen sind auf dem Weg stetig weiter aufeinander zu, schwingen miteinander, sind dem anderen Resonanzraum, verschmelzen miteinander, sind WIR, DU und ICH.
Es ist wunderbar, in Dich verliebt zu sein, und gleichzeitig Dich zu lieben.
Es ist möglich, da wir Vertrauen und Kenntnis um uns selbst und um den Geliebten, die Geliebte nicht neu erwerben müssen, sondern vielmehr einen Schatz und Reichtum besitzen, der den vielen Jahren geschuldet ist, die wir uns kennenlernen durften.

Diese Reise ist nicht zu Ende, sie beginnt nun erst und ist schlichtweg auf MEHR angelegt.
Ich spüre eine Fügung hinter unserer Verbindung, unserer Liebe.
Es gibt immer zu jedem Zeitpunkt des Seins offene Türen, verschiedene Wege und Möglichkeiten; - eine Option, die strahlt, ist ein gemeinsames Leben, bis wir diese Daseinsform verlassen; dieses Potential ist da, und mit Mut und der Kraft dieser Liebe und Arbeit und Neugier und Entwicklung werden wir dieser Vision eine große Chance geben.

Hier ende ich mit den Worten ICH LIEBE DICH

HENRY

... verliebt und loyal, zwei beknallte Piloten mit viel Potential...
[aus dem Lied DAS LETZTE KOMMANDO von ´Fortuna Ehrenfeld`]

Anhang:

Henrys' Geschichte zu einem Gegenstand.
Eine FRISBEESCHEIBE, die ihm besonders wertvoll ist und die er daher zur Freundesfeier WHO AM I? von Angel im Juni 2024 mitbrachte:

Eine zunächst irritierende Frage, assoziiert mensch seine nachhaltige, grundsätzliche Veränderung, Gestaltung seines eigenen Lebens mit einem Gegenstand.
Welche Ereignisse im Leben sind bestimmende Faktoren?

Im Nachphilosophieren der eigenen persönlichen Entwicklung kann ich schon Spitzen finden, die nachwirkten, die mein SEIN formten.

Aber viele Ereignisse habe ich weiterschreitend vergessen oder kann in sie im Nachgang keine wegweisende Bedeutung hineininterpretieren.

Also fragte ich mich, welcher Gegenstand mir wirklich etwas bedeutet.
Mein Taschenmesser, das jetzige stellvertretend für die vielen, die ich bereits verlor, Bildhauereisen, Tagebücher, Skizzenbücher, Schmuck, Kochutensilien, etc...
NEIN. Mein Blick bleibt an meiner - aus den USA stammenden - Frisbee-Scheibe haften.

Eine Wegbegleiterin, die fast immer mit an Bord ist. Diese Scheibe und die, die diese EINE eines Tages ersetzen wird und vielleicht noch eines fürs höhere Alter.
Diese Scheiben bedeuten mir etwas.

Das Spiel bedeutet mir etwas,- deutlich über das

Vergnügen, den Spaß hinaus, kann ich eine Lesart
aus diesem Spiel ziehen, die in mein Leben
hineinspielt, ins Leben hineinwirft.
Ich versuche dies zu schildern:
Ein Spiel, ein Zeitvertreib, Müßiggang ohne Nutzen
und Produktivität.
Dem stimme ich zu,- doch nicht der darin
anklingenden Wertung. Ein Spiel, *man* spielt es
zusammen, nicht gegeneinander, kein Wettbewerb,
kein Kräftemessen.
Die Freude an der Bewegung, am Gelingen eines
Wurfes, ist entscheidend.

Das Üben einer neuen Technik, deren Misslingen mit
heiterer Gelassenheit getragen, wird dem
Gegenüber gezeigt, ohne Scham und Scheu. Wie
auch dem anderen, dem Partner, ein Raum
eingeräumt wird, der dem Eigenen nicht nachsteht.

Die Freude am schönen Wurf, die Scheibe, die nun
zu mir schwebt, ist mitunter größer als die Freude
über das eigene Gelingen.
Den Partner ganz bei sich zu sehen, in der
Bewegung, im Sprung, - die Begeisterung zu spüren,
ist wunder- und unmittelbar.

Den anderen zu motivieren, zu beklatschen, fällt so
leicht, dass es keines eigenen Gedankens bedarf,-
es ist ein dem Spiel innewohnendes
Selbstverständnis.
Das ist Gegenwärtigkeit, die im Leben, im Wirken
und Gestalten unseres Daseins oft erwünscht, doch
selten gelingt.

Ich schätze die Schlichtheit, die Offenheit dieses
Spiels, - *man* spielt es zu zweit, zu dritt, ...- zu fünft,
aber vor allem ist es zugänglich.

Ein Fremder betritt den Kreis, ist willkommen, nimmt
Anteil, geht wieder oder bleibt noch etwas,-
manchmal auch weiter verhaftet.
Vom Spiel mit der Scheibe spreche ich, aber im
Grunde rede ich über das Leben.

Über Werte und Wichtigkeiten. So findet sich
manches, was im Spielerischen gelingt noch im
Aufbau, in der inneren eigenen Installation und
Performance.

Manches ist umgesetzt, macht das Leben zu einem
Ort von Freude und Liebe.

Es gibt andere Wesenszustände, die auch wertvoll
sind, nachhaltig das Leben bereichern,- doch die
Attribute, die im Spiel zu finden sind, verbinden,
versöhnen, machen das SEIN geschmeidig. Das
Miteinandersein ebenso.

Ein Bild noch zum Abschluss, ein Gedanke zu
erwähnter Gegenwärtigkeit, die ein jeder Mensch
anders empfindet, wenn *mensch* denn
wahrnehmen kann:

Die Gegenwart, sie verschwindet unmittelbar, sofort
zerrieben zwischen Vergangenheit und Zukunft,- es
scheint, als wäre sie nicht existent.
Wenn es keine Gegenwart gibt, gibt es dann
Gegenwärtigkeit?

In manchen Momenten scheint die Zeit stillzustehen.

Manchmal scheint die Scheibe im Schweben,
im Flug auf mich aus der Zeit gefallen,
hat die Vergänglichkeit den Takt verloren,
das Mahlwerk von Werden und Vergehen. Es steht.

Der Nachklang des Liebesaktes mit der Geliebten/
dem Geliebten im Arm, ganz leer und erfüllt
zugleich.

Ein Kinderlachen, in das *man* sich hinein auflösen
mag.

Ein Schmerz, eine Trauer, die allen Raum füllt. -

Zustände, die über die Maße beseelt sein können.

Doch zurück zum Spiel. Who am I? – Wer bin ich?

Vieles, vieles auch nicht,- aber eines gewiss:
Frisbee-Spieler.